KB113713

내 안의 윤슬이 빛날 때

박소현
수필집

내 안의
윤슬이

✳

빛
날
때

특별한서재

　이미 매력적인 제목과 잘 발효된 사연을 담은 수필집 『별들은 나이를 세지 않는다』로 독자를 확보한 박소현 작가는 상복賞福이 많기로 소문이 자자하다. 한 번 받기도 힘든 한국문화예술위원회의 창작 기금을 두 번이나 받은 데다 상금이 두둑한 현상공모를 비롯해 여러 상을 두루 수상하면서 문력文歷을 쌓은 박 작가가 이제 원숙의 길에 들어서서 내는 게 『내 안의 윤슬이 빛날 때』이다.

　작가는 창작혼의 이상을 "구들장을 데우는 군불처럼 따스한 글"이거나 "바리톤의 중저음으로 듣는 가곡"(작가의 말, 「한 줄 문장을 찾아」)처럼 누구에게나 친밀감으로 다가가는 데 두고 있다. 이는 곧 수필이 지녀야 할 긴요한 두 요소인 '흥미와 정보'를 두루 갖춘 작품을 구현하겠다는 뜻이다.

　「내성행상불망비乃城行商不忘碑」, 「연적」, 「흑과 백」, 「나혜석을 위한 변론」 등등이 이런 항렬자에 드는 모범 작품인데, 현상공모에서 당첨률의 가능성이 높다고나 할까. 박 작가의 매력은 한 소재를 천착하여 이를 바리톤으로 조근조근 풀어내는 솜씨다.

-**임헌영**(문학평론가)

◇

　조곤조곤 말하는 소리가 들리는 듯하다. 조곤조곤 말하는 모습이 보이는 성싶다. 박소현의 수필은 생생하다. 글마다 풍경이 하나씩 그려져 있다. 이야기의 풍경. 그의 글에 등장하는 인물들은 저마다 이야기 하나씩 들려준다. 박소현은 그들의 말과 행동거지를 놓치지 않고 잘 갈무리한다.

　누구의 삶이든 이야기이다. 그러나 그게 바로 문학은 되지 않는다. 글로 적는 사람이 선택을 하고 배치를 하는, 이른바 구성을 해야 문학이 된다. 글로 적는 사람은 이야기를 품고 있는 자신일 수도 있고, 다른 사람일 수도 있다. 이야기를 구성하여 글로 내놓는 사람, 그가 작가이다. 작가는 자신의 이야기이든 다른 사람의 이야기이든 글로 표현할 땐 글쓴이 자신의 의도를 글에 담는다. 그런 점에서 박소현에게 수필은 잘 맞는 옷 내지는 맞춤한 그릇이다. 자신이 경험한 일이든 다른 사람을 관찰한 일이든, 수필이라는 옷을 입혀 보여주기도 하고 수필이라는 그릇에 담아내놓기도 한다.

-박상률(작가)

◇

　박소현 수필은 그의 고향 바다를 닮아 투명하고 창망滄茫하다. 등단 20년 세월을 차랑차랑 담아간 이번 수필집에서 그는 오래고 아름다운 시간을 서정적 함축과 서사적 기억의 결속으로 풀어감으로써 예술적 아우라Aura의 한 정점을 탄생시킨다. 때로 실천적 삶에 대한 자극을 주는 견고한 문장들에는 박소현 특유의 사랑과 그리움이 흐르고 있는데, 그는 "마음속에 군불처럼 따스한 기억으로 남아 있는" 시간을 향해 자신만의 흔들림 없는 문채文彩, figure를 정성스럽게 입혀간 것이다. 이때 그의 수필은 스스로에게는 더없이 잔잔한 자전自傳으로, 독자들에게는 삶의 지남指南을 암시하는 사유의 도록圖錄으로 다가오게 된다.

　그의 작품에는 오래된 비석처럼 몸체는 낡았으나 "넘어지고 또 넘어져도 결코 쓰러지지 않는 거친 생존의 무늬들"이 선명하게 부조되어 있고, 추사가 강조한 "문자향 서권기文字香 書券氣"를 기율로 삼아온 스스로의 예술적 도정도 섬세하게 각인되어 있다. 특별히 가족을 향한 따뜻한 기억은 수필집의 중심을 이루면서 그로 하여금 "낡은 시간들이 수런거리는 소리"를 듣게끔 해주는데, 먼저 떠난 큰아들의 파자마를 만드신 어머니, 하단동 옛집, 어머니의 삶이 켜켜이 쌓여 있는 재봉틀, 많은 이들의 추억이 겹친 책상의

잔상殘像도 그러한 기억의 깊이와 너비를 짐작하게 해준다.

　그는 해녀들의 처연한 소리들을 복원하고, 죽음을 사유하게 하는 누군가의 마지막 순간을 기록하고, 공동체적 기억의 참혹함에 공감하고, 이제는 돌아갈 수 없는 순간에 대한 간절한 희원을 담아내는 치밀하고 온기 있는 작가로 거듭 태어난다. 그렇게 그는 잃어버린 시간을 하염없이 탈환하면서, 부재하면서도 아득하게 편재遍在하는 이들과 나눈 사랑의 시간을 우리에게 들려준다. 그리고 그 사랑의 마음은 앞으로도 '작가 박소현'을 가능케 하는 근원적 에너지로 오래도록 오롯할 것이다.

-유성호(문학평론가, 한양대학교 인문대학장)

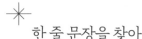

한 줄 문장을 찾아

　구들장을 데우는 군불처럼 따스한 글을 쓰고 싶었다. 수채화처럼 맑고 투명한 글로 독자에게 전해지길 바랐다. 하지만 넓은 세상을 보지 못한 경험 부족과 지식의 빈약함으로 내 글은 늘 가족과 주변을 맴돌기만 했다. 글 저변엔 슬픔이 깔려 있다. 내면에 스민 정서가 그러하기 때문이리라. 깊은 혜안과 절창의 문장으로 독자를 울릴 문학적 역량도 필살기도 없다. 그저 시간이 흐르는 대로 떠밀려 왔을 뿐이다. 이렇게 수필은 늘 내 삶 속에서 나와 공존하며 살아가는 동무다.

　자주, 우리 가곡을 듣는다.
　바리톤의 중저음으로 듣는 가곡은 깊은 울림으로 순식간에 내 마음을 사로잡는다. 베테랑 성악가의 탁월한 능력이다. 성악가가 목소리로 관객을 매료시키듯 유려한 문장과 높은 인문학 지식으로 가슴을 적시는 글을 쓸 수 있다면 더 무엇이 부러우랴? 그런 면에서 수필은 늘 내 부족함을 일깨워주는 구원투수이자 위안이다. 마음 깊은 곳에 잠재된 유년의 기억들을 가만히 끌어안고 배시시 웃음 짓게 하는 마법이다. 그래서 수필을 쓴다. 나는 오늘도 내 수필을 빛내줄 한 줄 문장을 찾아 문학의 숲을 유영한다. 내 몸속 어딘가에 숨어 있을 수필의 씨앗들과 숨바꼭질하며.

코로나19로 어지러운 시국에 틈틈이 썼던 글들을 모아 내놓는다. 극히 사적인 내용이 많아 벌거벗은 몸을 들킨 것처럼 부끄럽다. 출판물의 홍수 시대에 누가 되지 않을지 많이 조심스럽다.

추천사를 써주신 임헌영, 박상률, 유성호 세 분 교수님과 부족한 글에 날개를 달아준 특별한서재 출판부에 감사드린다.

2022년 5월
박소현

✳ 차례

✳

숨 가쁘게 달려온 삶에 미열이 생길 때,
문득 모든 것이 부질없어 보일 때면
한 번쯤 산사에서의 하룻밤을 생각해볼 일이다.

그 새벽, 산사의 정적을 깨우던
죽비 소리 유난히 그립다.

그 새벽의 죽비 소리

내성행상불망비

골짜기 사이로 는개가 자욱하다. 소나무들은 무심히 고개를 숙이고 산새들은 몽환의 숲속으로 숨어버렸다. 신기루처럼 사라져버린 날것들의 행방은 오리무중이다. 느린 걸음으로 산길을 오른다. 쪽지게에 한가득 짐을 지고 힘겹게 이 고개를 넘었던 그들에게 경배를 드린다.

보부상 십이령길 답사하던 날, 1구간 초입에서 오래된 비석 두 개를 만났다. 몸체는 낡았으나 글씨는 양각으로 또렷하게 새겨져 세월의 더께에도 의연하다.

'내성행상접장정한조불망비乃城行商接長鄭漢祚不忘碑'
'내성행상반수권재만불망비乃城行商班首權在萬不忘碑'

'울진 내성행상불망비'다. 조선 말기, 이 십이령을 넘나들었
던 보부상들은 봉화 사람 접장 정한조와 안동 사람 반수 권재
만의 공덕을 기려 이 비석을 세웠다. 누군가를 잊지 않기 위해
세운 비라니? 그들은 얼마나 많은 보시를 했기에 비석을 세우
면서까지 은공을 갚으려 했을까?

문득 김주영의 소설 『객주』에서 정한조가 이끄는 '소금장수
행수 상단'의 왁자한 발소리가 생생히 들려오는 듯했다. 노동
에 지친 보부상들의 거친 숨소리, 혹한에 바닷물을 길어와 소
금을 굽다 연기에 눈썹마저 타버렸다는 소설 속 민초들. 염전
에서 만든 소금을 지고 비탈진 산길을 들숨날숨 걸어갔던 소금
상단. 그들의 혹독한 삶이 100여 년의 세월을 뛰어넘어 눈앞에
펼쳐진다.

십이령길은 경상북도 울진에서 봉화를 잇는 130리 고갯길이
다. 울진에서 생산된 해산물들을 내륙으로 옮기는 유일한 통로
였다. 보부상들은 미역이나 생선 등 해산물들을 쪽지게에 지
고 이 험준한 자드락길을 걸어 걸어서 봉화 춘양장과 내성장
등으로 팔러 다녔다. 3, 4일을 꼬박 걸어야 겨우 봉화장에 도착
했다. 내장까지 얼려놓을 듯 사정없는 추위에도 등에는 진땀이
흐르는 혹독한 고통을 견디며 굽이굽이 이 열두 고개를 넘었
다. 식솔들의 입에 들어갈 따뜻한 밥 한술을 위해 보잘것없는

삯전을 받으면서도 쉼 없이 걷고 또 걸었다.

가도 가도 길은 좀체 줄어들지 않았다. 발이 짓물러 짚신을 적실 정도로 피가 흘러도 채 닦지 못한 채 갈 길을 재촉했던 보부상들. 쪽지게를 벗지도 못하고 선 채로 잠시 한숨 돌릴 뿐이었다. 첩첩산중에서 산적들을 만나 물건을 다 빼앗기기도 하고 발을 헛디뎌 수십 길 낭떠러지로 곤두박질친 이도 부지기수였다. 얼마나 많은 보부상들이 이 길에서 스러져 갔을까? 그들이 지나갔던 골짜기마다 고달픈 삶의 곡절들이 파르르 고개를 들고 있다.

민초들의 피와 땀이 땅속 깊이 눈물로 새겨진 십이령길. 저 오래 묵은 나무들의 나이테에도 보부상들의 서러운 상처들이 옹이로 남았을 것이다. 넘어지고 또 넘어져도 결코 쓰러지지 않는 거친 생존의 무늬들이.

십이령길에서 오래전 기억 속의 어머니를 만났다. 새벽부터 이 마을 저 마을로 발바닥이 부르트도록 생선을 팔러 다녔던 40대의 젊은 어머니를. 생선이 가득 담긴 고무 함지박은 돌덩이처럼 어머니 머리를 짓누르고 있었다. 초등학교 5학년 때 아버지가 돌아가셨다. 암으로 오랫동안 투병하시느라 이미 바닥을 보이고 있던 우리 집 살림살이. 집안일밖에 몰랐던 어머니는 슬픔을 추스를 겨를도 없이 생선 행상을 나서야만 했다. 나

와 동생을 중학교는 보내야 한다는 절박감이 어머니를 거리로
내몰았으리라.

"갈치 사소~, 오징어가 싱싱해요~."

목이 쉬도록 외칠 수밖에 없었던 인고의 세월들. 밤이 되면
어머니 다리는 늘 퉁퉁 부어 있었다. 그러면서도 꼭두새벽에
일어난 젊은 아낙은 매일 부뚜막에 정화수 한 사발을 떠 올리
고는 두 손 모아 자식들의 안녕을 빌었다.

보부상들이 무거운 짐을 진 채 위태위태 산길을 걸어갔듯 어
머니는 생선을 머리에 이고 거리를 떠돌았다. 생의 긴 겨울이
었다. 어머니가 종종걸음 쳤던 그 신작로에는 수없이 많은 어
머니 발자국들이 화석 되어 굳어 있을지도 모른다.

가난했지만 꿈마저 남루하진 않았다. 고등학교 입학시험을
치던 날, 한파로 온 세상이 꽁꽁 얼었던 그 새벽에 어머니는 내
가 지원한 학교 교문에 갱엿을 철썩 붙여놓고는 하염없이 머리
를 숙였다.

"어떤 어려움이 있어도 공부 끈을 놓아서는 안 되는 기라!"

그때 그 어머니의 비장한 모습은 오랜 세월이 지난 지금도 내 머릿속에 죽비처럼 각인되어 있다.

내성행상불망비는 고종 27년(1890년)에 세워져 1995년 경상 북도 문화재자료 310호로 지정되었다. 대부분의 비석들이 돌로 만들어졌지만 이 비석은 철로 만들었다. 보부상들은 일제시대엔 수탈을 막기 위해 비석을 땅에 묻었고, 6·25 때는 폭격을 피해 땅에 묻어 비석을 지켜냈다.

다시 비석을 본다. 켜켜이 쌓인 보부상들의 영혼이 말을 걸어온다. 보부상들의 울타리가 되었던 접장 정한조와 반수 권재만. 그 둘은 보부상들이 억울한 일을 당했을 땐 사발통문을 돌려 그들의 상행위를 철저히 보호했다. 산길에서 만난 행려병자나 실족한 동년배는 절대 그냥 지나치지 않고 목숨 걸고 구급했다는 보부상들. 그들에게는 송진같이 끈끈한 정과 결코 끊을 수 없는 의리가 있었다.

그들이 꿈꾸던 세상은 어떤 모습이었을까? 저들은 나와 무슨 인연의 고리로 얽혀 이 길에서 만나게 된 것일까? 겹겹이 쌓인 따뜻하고 징한 삶의 굴레가 안개처럼 온몸을 파고든다.

"가노 가노 언제 가노 열두 고개 언제 가노
소금 미역 어물 지고 내성장을 언제 가노."

보부상 십이령길을 걸으며 그들이 불렀던 타령 한 자락 읊조려본다. 마음속에는 어머니를 위한 공덕비 하나 세우고 있다.

연적

　　　　　　　　황학동 벼룩시장에서 연적 한 개를 샀
다. 낡은 다기들과 도자기로 만든 소품들 틈에서 먼지를 뒤집
어쓰고 있던 그 연적은 단숨에 내 눈길을 사로잡았다. 엉덩이
가 펑퍼짐한 거북이가 갈구하듯 길게 목을 빼고 있는 특이한
형상의 청자연적이다. 등에는 연꽃 이파리가 양각으로 조각되
어 있다. 누군가의 손끝에서 오랫동안 머물렀던 듯 색깔이 바
래고 물이 나오는 주둥이에는 미세한 균열도 보였다. 가만히
만져보니 예전부터 나와 교감이라도 한 것처럼 따스함이 전해
져 왔다. 한동안 잊고 있었던 기억들이 연적 속에서 소록소록
걸어 나왔다.

"서예는 글씨를 예쁘게 쓰는 게 목적이 아니야. 글에 향기가 있어야 해."

어디선가 옛 스승의 말씀이 바람결에 들려오는 듯했다.

꿈 많았던 20대에 뜻하지 않은 복병을 만나 한동안 고생을 한 적이 있다. 직장을 다니면서도 더 공부를 하고 싶어 여러 학원을 전전하다 과로가 겹쳤기 때문이다. 면역력이 떨어지니 웅크리고 있던 병들이 한꺼번에 쏟아져 나오면서 사달이 났다. 어리석게도 나는 노력의 깊이만큼 결과도 항상 비례하리라 믿었다. 세상에는 피할 수 없는 장애물이 불시에 나타날 수도 있다는 걸 몰라도 한참을 몰랐던 철없던 시절이었다.

병원에서 퇴원한 후에도 나는 기력이 없어 걸음을 잘 걷지도 못했다. 다시는 일어설 수 없을 것 같은 절망감이 엄습했다. 수첩에 빼곡하게 적어두었던 내 초록의 꿈들도 허망하게 다 날아가버린 것 같았다.

몇 달 후 겨우 몸을 추스르고 소일거리 삼아 동네 서예 학원에 갔다. 손가락으로 툭 건드리기만 해도 넘어질 것같이 앙상한 몸이었다. 그런데도 나는 마치 귀신에 홀린 것처럼 처음부터 붓글씨에 빠져들었다. 어쩌면 아무것도 할 수 없을 것 같은 그 좌절감이 붓글씨를 도피처로 삼았는지도 몰랐다.

서예 학원 구석에 웅크리고 앉아 수행하듯 도연맹의 시나 〈반야심경〉 등을 써내려가던 시절, '색즉시공 공즉시색色即是空空即是色' 그 깊은 뜻도 모르면서 수도 없이 쓰고, 또 쓰기를 반복했다. 붓글씨를 쓸 때만큼은 그저 아무 생각이 없었다. 그렇게 많은 습작을 거쳐 8폭 병풍을 만들었다. 270여 개의 〈반야심경〉 글자들. 그 글자들을 쓰면서 나는 미래에 대한 불안과 가슴속에 옹이처럼 박혀 있던 설움들을 꾹꾹 눌러 삭이고 있었는지도 모른다. 하지만 그 침잠의 시간들은 내 생에 가장 소중한 순간이 되었다.

첫 작품을 할 때였다. 원장님은 내게 '유천流泉'이란 호를 지어주시며 낙관의 두인頭印에는 '사무사思無邪'를 새기라고 하셨다. 사무사는 『논어』의 위정 편에 나오는 말로 '생각이 바르므로 사악함이 없다'는 뜻이다. 공자가 『시경』에 나온 주옥같은 시 300편을 읽은 소감을 한 마디로 종합해 '사무사'로 정의했다고 한다. 어린 내가 사무사의 그 깊은 뜻을 어찌 알기나 했을까? 원장님은 좋은 글을 쓰려면 마음이 맑아야 한다며 몸과 정신이 건강한 서예가가 되라고 하셨다.

얼마 뒤 나는 다시 건강을 되찾게 되었고 새로운 직장도 얻게 되었다. 예전처럼 긴 시간은 아니었지만 그래도 퇴근 후에는 매일 학원에 가서 한두 시간은 꼭 붓글씨를 썼다. 약속이 있는 날은 아침에 한 시간이라도 붓글씨를 쓰고 출근을 했다. (원장님은 바쁜 직장인들을 위해 이른 아침부터 학원 문을 열어놓았다.) 덕분에 여러 공모전에서 입선과 특선을 제법 해보기도 했다.

하얀 화선지를 앞에 두고 연적에 물을 채워 천천히 먹을 갈 때면 코끝으로 전해지던 그 청아한 먹의 향기가 나는 그렇게 좋을 수가 없었다. 화선지 전지 한 장에 반 장을 더 이어붙인 큰 작품 하나를 쓰려면 많은 양의 먹물이 필요한데, 벼루에 물을 붓고 천천히 갈다가 어느 정도 갈렸다 싶으면 다시 물을 조금 더 붓고 먹을 가는 과정을 20~30분 정도는 반복해야 한다. 그래야 먹과 물이 조금씩 본래의 제 모습을 버리고

1980년대 중반에 쓴 붓글씨 작품

한 몸으로 어우러지면서 가장 선명한 색깔의 먹빛이 나오기 때문이다. 빨리 갈고 싶은 마음에 한꺼번에 많은 양의 물을 붓고 갈다가는 먹과 물이 겉돌아서 결국 작품을 망치게 된다. 원장님은 늘 그렇게 말씀하셨다. 먹을 가는 것은 마음을 다스리는 일이라고. 아주 서서히 갈면서 농담濃淡을 조절하라고 하셨다.

어느 날 붓을 사러 필방에 갔는데 뚜껑에 용무늬가 조각된 고급의 벼루 하나가 섬광처럼 눈에 들어왔다. 12만 원이라고 했다. 하지만 내 월급의 반이나 되는 그 비싼 벼루를 나는 선뜻 살 수가 없었다. 필방 사장님은 벼루를 먼저 가져가고 돈은 천천히 나누어 내라고 했지만 빚지는 게 싫어서 호의를 거절했다. 하지만 눈을 감으면 벼루가 눈앞에서 아른거렸다.

특별히 볼 일이 없는데도 나는 자주 필방을 기웃거렸다. 내가 돈을 다 모으기도 전에 누군가가 그 벼루를 사 가버릴까 봐 조바심을 내면서 벼루 대신 한 개에 오백 원, 천 원 하는 연적들을 하나씩 사 모았다. 우리 집 거실 한편에 있는 장식장 안에는 그 시절에 샀던 용무늬 벼루와 여러 종류의 연적들이 고즈넉이 이마를 맞대고 있다. 연꽃, 부채, 복숭아, 토끼, 주전자 모양을 한 연적들이다.

추사 김정희는 70 평생 벼루 열 개를 갈아 없애고 붓 천 자루를 닳게 했다고 한다. 그는 가슴속에 청고 고아淸古 高雅한 뜻이

1980년대 중반 붓글씨 작품

없으면 좋은 글씨가 나오지 않는다며 문자향 서권기文字香 書券氣
를 갖추어야 한다고 했다. 책을 읽고 교양을 쌓아 인품을 갖춘
후 글을 쓰라는 의미일 것이다. 연적은 결코 많은 양의 물을 허
용하지 않는다. 연적에서 물이 나오는 입구가 아주 작은 것도
추사의 주장처럼 성급함을 경계하고 품격을 갖추라는 의미가
아니었을까?

　공모전 출품을 위해 에어컨도 없는 서예 학원에서 등줄기
에 땀이 흐르는 줄도 모르고 대작을 붓글씨로 썼던 일, 가슴 졸
이며 기다렸던 서예대전 발표 날 〈부산일보〉에 난 수상자 명
단에서 내 이름을 확인하고는 남자친구까지 대동하고 의기양
양 수상작을 전시하는 시민회관에 갔다가 나와 동명이인의 한
글 작품이 걸려 있는 걸 보고 당황한 나머지 한참을 울었던 일,

낙선의 이유가 작품에 낙자落字 하나가 있었기 때문이었다는 걸 뒤늦게야 알고는 내 지식의 얕음을 자책했던 일도 있다. 글의 깊은 뜻도 모른 채 그저 글자를 아름답게 쓰는 것에만 집중하다 벌어진 일이었다. 그런데도 나는 왜 그 시절이 이렇게도 그리워지는 것일까?

　앞이 안 보이게 절망뿐일 것만 같았던 시간들. 지금은 고인이 되신 금헌錦軒 조기안 선생님은 망망대해에서 길을 잃고 헤매던 나에게 갈 길을 비춰주던 등대였다. 그 큰 인연은 내가 다시 공부를 하게 했고 일어설 수 있는 용기를 주었다. 거실에 걸린 서예 작품 두 점과 연적들을 볼 때마다 내 20대 침잠의 시간들을 생각한다. 옛 스승의 가르침은 은은한 묵향처럼 가슴속을 잔잔히 물들이고 있다.

흑과 백

전라도 신안을 여행할 때였다. 비금도를 지나는데 '이세돌 바둑 기념관'이라는 팻말이 유난히 눈에 띄었다. 문득 '비금도 총사령관'이란 별명이 붙은 이세돌의 어머니가 이곳 어딘가에서 굽은 허리를 두드리며 농사를 짓고 있을 거란 생각이 떠올랐다. 지난 10여 년간 세계 바둑계를 평정했던 이세돌 9단, 그가 구글이 개발한 인공지능 컴퓨터 '알파고'의 도전장을 받고 대국을 펼친다는 기사에 마음속으로 응원을 보내고 있던 차였다. 거금 100만 달러의 상금이 걸렸다고 했다.

8여 년간 월간지 편집자로 일한 적이 있다. 나는 내가 담당했던 특집 주제를 정하느라 도서관이나 서점을 들락거리며 어지간히 머리를 쥐어짜기도 했다. 하지만 막상 책이 나오고 나면 늘 부족해 보였다. 어느 해 3월 특집 주제는 '한국을 빛낸 사람들의 어머니'로 자식을 세계적 인물로 키워낸 어머니들의 삶을 조명하는 내용으로 정했다. 피겨 선수 김연아, 음악 가족 정트리오(정명화, 정명훈, 정경화), 소프라노 조수미, 바둑 기사 이세돌. 그들의 오늘이 있기까지 그 어머니들의 열정과 희생은 눈물겨울 정도로 감동적이었다.

그중에서 내 기억에 가장 남은 분은 이세돌의 어머니 이양례 여사였다. 그녀는 목포에서 배로 두 시간 거리, 하루에 한 번밖에 배가 오지 않는다는 비금도에서 억척스레 농사를 지으며 다섯 자식을 키웠다고 했다. 둘째와 다섯째인 두 아들은 프로 바둑 기사로, 첫째와 셋째인 두 딸은 이화여대에, 넷째인 아들은 서울대로 보냈던 그녀의 눈물겨운 분투기가 가슴을 찡하게 했다. 초등학교 교사였던 남편의 수입으로는 어림도 없는 일이었다. 나는 특집 서문 첫 문장을 "세상 모든 어머니는 위대하다"라고 쓰면서 마음속으론 '이세돌의 어머니는 더 위대하다'고 되뇌었다.

비금도를 지나면서 이세돌이 더욱 와닿았던 건 우리 집 다용도실에 몇십 년 동안 방치되다시피 한 바둑판 때문인지도 몰랐다. 30여 년 전 남편이 다니던 회사에서는 해마다 직원들을 대

상으로 바둑대회를 열었다. 당시만 해도 골프가 대중화가 안
된 때라 바둑처럼 정적인 취미를 가진 사람들이 많았다. 토너
먼트로 진행된 대회에서 남편이 우승을 했다. 비록 아마추어들
의 경기지만 준결승전부터는 난다 긴다 하는 고수들의 접전이
라 우승은 꿈도 안 꿨는데, 운이 좋았다며 남편은 어쩔 줄 몰라
했다.

상금과 함께 사장의 사인이 새겨진 고급스런 바둑판을 들고
남편은 개선장군처럼 집으로 들어섰다. 그날부터 그 바둑판은
애지중지 사랑을 받으며 거실 한쪽을 차지했다. 바둑광인 그는
유명인의 대국 기보棋譜를 구해서는 혼자서 흑돌과 백돌을 번갈
아 놓으며 기보 연구를 하곤 했다. 그런데 그 바둑판 때문에 대
형 사고가 났다.

청소를 하느라 걸레로 거실 바닥을 닦고 있을 때였다. 이제
막 돌을 지난 지 몇 개월밖에 되지 않은 아들 녀석이 뭐가 그
리 신이 났던지 뒤뚱거리는 걸음으로 나를 따라 빙빙 돌며 내
등에 업히기도 하면서 까르륵거리고 있었다. 그러다가 갑자
기 바둑판 위로 넘어지고 말았다. 아이가 전에 없이 자지러지
게 울기에 얼른 안았는데 그 조그만 아이의 이마에서 피가 펑
펑 쏟아져 금세 온 얼굴이 피투성이가 되었다. 하필이면 바둑
판 모서리에 이마가 부딪친 것이다. 너무 당황한 나는 당장 지

혈을 시킬 생각조차 못했다. 당장 눈에 보이는 천 기저귀로 아이의 이마를 누르고는 현관문을 열고 비명처럼 위층에 사는 지은 엄마를 불렀다. 아이는 죽어라고 울어대고 나는 다리에 힘이 풀려 실신을 할 지경이었다. 놀란 지은 엄마가 아이를 안고 병원으로 뛰기 시작했고 나는 울면서 그 뒤를 따랐다. 집에 차가 있었던 것도 아니고 119는 불이나 나야 부를 수 있던 시절이었다.

아들은 동네 정형외과에서 이마를 스무 바늘이나 꿰맸다. 상처가 너무 깊은 데다 마취를 하면 흉터가 많이 남는다며 마취도 안 하고 속과 겉을 이중으로 꿰맸다고 했다. 얼마나 울었던지 아이는 지쳐 잠이 들었다.

아빠가 퇴근을 하자 아이는 바둑판과 제 이마를 가리키며 또 서럽게 울기 시작했다. 남편은 아이를 꼭 안아주고는 말없이 바둑판을 다용도실로 옮겼다. 그 후로 남편은 그 바둑판을 몇 번 꺼내보지 못했다. 같이 대국을 해줄 사람도 없었거니와 바쁜 일상에 혼자서라도 한가로이 바둑을 둘 처지가 아니었기 때문이다. 화려한 월계관을 쓰고 보무도 당당하게 우리 집으로 왔던 그 바둑판은 아들의 이마에 상처를 냈다는 불명예를 쓴 채 그렇게 방치가 되었다.

친정 오빠도 어지간한 바둑광이었다.

"이 서방, 지갑 두둑이 채워 왔나? 한판 해야지."
"형님한테 따서 갈라고 올라갈 차비도 안 가져 왔습니다."

부산 친정에 가면 실력이 비슷했던 오빠와 남편은 서로 자신이 한 수 위라며 너스레를 떨곤 했다. 오빠가 우리 집에서 가까운 병원에 입원을 하고 있을 때도 남편은 휴대용 바둑판을 사서 병원에 가지고 갔다. 암 선고를 받은 오빠가 그 순간만이라도 두려움을 잊어버렸으면 하는 배려였을 것이다. 두 사람은 병실 침대에 앉아 바둑 삼매에 빠져들었다. 그때 오빠는 바둑을 두면서 무슨 생각을 했을까?

바둑은 인생의 축소판이라고 한다. 가로 19줄, 세로 19줄, 361개 교차점의 바둑판 위에서는 흑과 백의 치열한 진검승부가 벌어진다. 수많은 묘수와 전략으로 공격과 방어가 난무한다. 하지만 바둑에서는 신의와 절개는 있어도 배신이나 변절은 없다고 한다. 경기가 시작되면 정해진 시간 안에 자신에게 주어진 바둑돌을 놓아야 하듯 우리는 매 순간 끊임없는 선택의 기로에 서지 않았을까. 그 선택이 성공이든 실패든 자기 앞에 놓인 삶의 한 부분임에야⋯⋯.

지난날들을 복기復棋한다면 성공을 백으로, 실패를 흑으로 봤을 때 우리네 인생은 흑일까 백일까? 남편과 함께 바둑 삼매에 빠졌던 오빠는 이미 이 세상 사람이 아니고, 그때 당시 신입사원이나 다름없던 서른 살의 남편은 얼마 전 퇴직을 하고는 인생 2막을 향해 조심스레 발을 내디뎠다. 앙증맞은 얼굴로 엄마 아빠를 부르며 아장아장 걷던 아들은 모자란 잠에 아침을 먹는 둥 마는 둥 하고는 얼마 전 입사한 직장으로 부리나케 달려가고 있다.

책상

재활용품 분리수거장에 책상 하나가 버려져 있다. 가죽 상판에 곡선으로 된 다리에는 섬세한 조각이 새겨진 고급의 앤티크다. 몇 군데 미세한 홈집은 있으나 조금만 손질하면 한참은 더 쓸 수 있을 것 같은데 누가 이 멋진 책상을 버린 것일까?

"쓸 사람이 없어 내놓으니 필요하신 분은 가지고 가세요."

쓸 사람이 없다니? 책상 형태로 보아 학식이 깊은 학자이거나 높은 지위를 가진 사람이 썼을 것 같은데, 책상 주인이 어디 멀리로 가버리기라도 한 것일까? 아니면 새로 입주한 아파트라 새 집에 어울리지 않아 버려진 것일까? 일주일 동안 가져가는 사람이 없으면 폐기 처분하겠다며 단정한 손 글씨로 메모까지 붙여놓았다. 삶의 현장에서 퇴출된 노동자처럼 책상의 품새가 애처롭다. 저 책상도 한때는 성공한 주인을 만나 애지중지 사랑을 받았을 텐데……. 나는 책상을 집으로 가져가고 싶은 욕심에 이리저리 살펴보고 서랍도 열어보다 이내 마음을 접었다. 식구들 잔소리를 한참이나 들어야 할 것 같아서였다.

중학교에 다닐 때까지 나는 책상이 없었다. 월례고사를 칠 때가 되면 작은 밥상을 펴놓고 전과나 수련장을 보거나 방바닥에 엎드려 교과서를 읽던 게 고작이던 시절이었다. 나뿐만 아니라 시골 아이들 대부분이 그랬으므로 그때까지 나는 책상에 대한 동경 같은 건 없었다.

초등학교 6학년 때였다. 고등학교에 입학한 작은오빠가 공납금 전액 면제에 학기당 2만 5천 원의 장학금을 받게 됐다며 집안은 축제처럼 술렁거렸다. 그럴 만도 했다. 마을엔 고등학교 입시에 실패한 아이들도 있는데 오빠가 장학금까지 받아버렸으니. 오랜만에 개떡을 찌고 부침개를 부치며 엄마 얼굴에도 모처럼 햇살이 퍼졌다. 동네 사람들도 부러운 눈초리로 오빠 머리를 쓰다듬기 바빴다.

오빠는 장학금을 받기 위해 어지간히 이를 간 모양이었다.

자신의 꿈이 좌절될까 봐 가슴속에서 비수를 갈았는지도 모를 일이었다. 그 장학금은 1년 전에 남편을 잃고 힘겹게 자식들 뒷바라지를 해야 했던 엄마에게 살아갈 용기를 준 화수분이었다. 오빠를 부산에 있는 고등학교에 진학시키기 위해 이리 뛰고 저리 뛰며 혼신의 힘을 다했던 엄마. 하지만 아버지 병원비로 가산을 거의 다 날려버린 우리 형편에는 실현 불가능한 일이라는 걸 엄마는 너무도 잘 알고 있었을 터이다. 무학으로 한글조차 제대로 깨치지 못했던 엄마는 어디서 그런 용기가 났던 것일까?

형편도 어려운데 고등학교가 다 뭐냐며 상급학교 진학을 말리던 집안 어르신과, 그동안 연필 한 자루 사줘본 적 있냐며 대들던 오빠의 실랑이도 한순간 장학금 속에 묻히고 말았다. 어르신은 아마도 엄마 혼자 힘들게 우리를 가르치는 게 안타까워서 그랬을 것이다.

오빠가 받은 장학금으로 엄마가 제일 먼저 한 건 목공소에서 책상을 맞춘 일이다. 나뭇결이 그대로 살아 있는 원목에 투명 포마이카로 광을 낸 '삐까번쩍'한 책상이었다. 서랍도 세 개나 달려 있었다. 그 책상이 우리 집으로 오던 날, 오빠는 앉은뱅이 책상에 대충 쌓아두었던 책들을 정리해 숨 쉴 틈도 없이 빼곡하게 세워놓았다. 무슨 비밀이라도 숨겨둔 양 서랍은 꼭꼭 잠가놓고 아무도 손을 못 대게 했다. 범접할 수 없는 성역처럼 내가 넘봐서는 안 되는 금지 구역이었다.

시험 때가 되면 온 동네가 깊은 어둠에 잠기고 소리 없이 무서리가 내리는 새벽녘까지 오빠 방 30촉 알전구는 꺼질 줄을 몰랐다. 멀리서 밤 부엉이만 간간이 울어대던 밤이었다. 엄마는 꾸벅꾸벅 졸면서도 공들여 바느질을 하며 오빠 방 불이 꺼져야 비로소 지친 몸을 뉘었다.

"느거들은 뭔 잠이 그렇게도 오노? 뭔 일이든 지가 열심히만 하면 되는 기라. 선희는 저녁에 물을 한 양재기 떠놓고 목이 마르면 물을 마시면서 공부하다 그 물이 다 떨어져야 잠을 잤다 안 하나. 그래 갖고 서울에 있는 이화여대에 간 기라. 눈 버끔 뜨고 남이 하는 거 그걸 왜 몬하겠노?"

초저녁부터 쿨쿨 자고 있는 나와 동생이 한심스러웠던지 엄마는 이웃 동네 선희 언니 얘기를 혼잣말처럼 중얼거리고 있었다. 그때부터 나도 책상을 갖고 싶은 절실한 소망 하나가 생겼다. 오빠가 없을 때면 슬쩍슬쩍 거기에 앉아 공부하는 폼을 잡아보기도 하면서 언젠가는 나도 저런 근사한 책상 주인이 되리라 소원했다. 고등학교를 졸업한 오빠가 타지로 나간 후에야 그 책상은 겨우 내 차지가 되었다. 하지만 책상에 대한 욕심 같은 건 이미 나에게서 멀어진 뒤였다. 나 또한 얼마 뒤 고향 집을 떠났기 때문이다. 그 책상 덕분이었을까? 몇 년 후 오빠는 관세직 공무원이 되어 엄마의 바람을 어느 정도 해소시켜주었다.

얼마 전, 작은오빠 아들 결혼식이 있어 모처럼 가족이 다 모이게 되었다. 나는 엄마에게 그 책상을 어떻게 했는지 물었다. 94세의 나이로 순간순간 지난 일을 잊어버리는 엄마는 아예 책상의 존재조차 기억하지 못했다. 이제는 그때의 엄마보다 훨씬 더 나이를 먹어버린 자식들만 옛날 그 책상 이야기를 하며 숙연해졌다.

삶의 질곡 속에서도 엄마의 든든한 꿈이었던 작은 포마이카 책상. 미처 붙잡을 겨를도 없이 50여 년의 세월이 흘러버린 지금, 식구들은 아무도 그 책상의 행방을 알지 못한다. 서로의 마음속에서 아릿한 기억으로만 남아 있을 뿐.

재활용품 분리수거장의 책상은 새 주인을 기다리는 듯 며칠째 오도카니 앉아 자리를 지키고 있다. 누군가가 가져가지 않으면 폐기물처리장으로 실려가 영원히 퇴출될 터이다. 다시 며칠이 더 지나도 찾는 이가 없었다. 낡은 시간들이 수런거리는 소리가 책상 속에서 다급하게 흘러나왔다. 처연한 달빛 하나가 유유히 책상을 비춰주고 있다.

그 새벽의 죽비 소리

휴대폰을 끈다. 무수한 말과 활자들이 사라졌다. 산짐승들 울음소리도 뭇 사연을 간직한 울창한 수목들도 적멸삼매에 빠진 이 밤. 시간마저 정지된 것 같은 이 고즈넉한 절간 방에 나는 누워 있다. 조용히 눈을 감는다.

'너는 무엇을 구하려고 이 깊은 산중으로 스며들었느냐? 그 무엇이 부족해서 그렇게 허우적거리며 사는 것이냐? 모든 것은 오로지 마음이 지어내는 것임을!'

저 높은 곳에서 고승의 쩌렁쩌렁한 호통 소리가 죽비 치듯 내 등줄기를 때린다.

생활의 족쇄에 묶여 마음이 어지러울 때, 나는 가끔 한적한 절간을 찾아 휴식형 템플스테이를 한다. 혼잡한 도시를 떠나 고요한 절간 방에 누워 새소리, 물소리, 청아한 풍경 소리를 듣는 것, 삼라만상이 잠든 깊은 밤 고해성사하듯 쌓였던 스트레스를 덜어내곤 다시 일상으로 돌아가는 것은 내 작은 즐거움이자 삶의 전환점이다. 오롯이 나와 마주하는 소중한 시간이다.

10여 년 전이었다. 두 아이가 대학생이 되고 조금 마음의 여유가 생겼을 때였다. 그 무렵, 사찰에서의 하룻밤을 권하던 지인의 말에 남편과 함께 배낭 하나 달랑 메고 찾아간 곳이 강원도 평창 월정사였다. 남편은 대학 시절 지리산 한 암자에서 몇 달 기거한 적이 있어 절간 생활에 익숙했으나 나는 첫 템플스테이 경험이었다.

새벽 예불을 드리는 시간, 법당 한쪽에서 단기 출가를 한 이들이 스님의 죽비 소리에 맞춰 108배를 하고 있었다. 남자들은 파르라니 머리를 깎았고 여자들은 일반 머리 그대로였다. 그 모습이 신기했다. 저들은 무엇을 구하고자 저렇게 열심히 절을 하는 것일까 궁금해하면서 나도 그들을 따라 어설프게 절을 했다. 스님이 치는 죽비 소리가 마치 고명한 선각자의 가르침처럼 내 머릿속으로 파고들었다. 나태해진 나를 깨우던 그 새벽의 죽비 소리, 내가 가끔 템플스테이를 하는 이유이기도 하다.

예불을 마치고 절 입구에 있는 전나무숲길을 천천히 걸었다. 새벽 산사의 공기는 더 없이 청량하고, 해탈한 나무들은 한 치 사심 없이 고고한 모습으로 나를 내려다보고 있었다. 저들은 나같이 어리석은 중생을 얼마나 많이 보아왔을까?

산책을 마치고 절간 마루에 앉아 고요히 풍경 소리를 듣고 있는데 젊은 남자 한 분이 차 한 잔을 건넸다. 사업을 한다는 그는 머리가 복잡할 때면 자주 산사를 찾는다며 익숙한 솜씨로 전기포트에 물을 끓이고 미리 준비해 온 녹차를 우려 주위 사람들에게도 권했다. 차를 마시며 세상사를 이야기하는 사람들 얼굴이 반가사유상 미소처럼 온화했다. 정년퇴직을 하고 전국의 사찰을 주유하며 유유자적 노년을 즐긴다는 부부, 가족 품을 떠나 잠시라도 혼자만의 시간을 갖고 싶어 왔다는 50대 전업주부, 소설을 쓴다는 30대 작가 지망생. 모습도 직업도 다른 그들의 편안한 얼굴을 닮고 싶었다.

이 밤이 지나면 나는 다시 집으로 돌아가야 한다. 스님의 낭랑한 독경 소리를 들으며 108배를 하고, 집착에서 벗어나려 쉼 없이 허리를 숙였던 이틀. 이번 템플스테이로 내 안의 혼탁한 마음들이 조금은 맑아졌을까?

"꽃들이 피면서 어디 즐겁다고 아우성이더냐, 떨어지는 낙엽들이 이별이 서럽다고 소리치더냐?"

어느 책에선가에서 읽었던 문장 한 줄이 불현듯 떠오른다.

모든 것이 공空인 것을. 적게 비우면 적게 얻고, 많이 비우면 크게 얻는다는 마가스님의 말씀을 되새기며 깊은 밤 어리석은 중생 하나가 밤을 지새우고 있다.

숨 가쁘게 달려온 삶에 미열이 생길 때, 문득 모든 것이 부질없어 보일 때면 한 번쯤 산사에서의 하룻밤을 생각해볼 일이다. 고즈넉이 자연의 품에 안겨 마음속 번뇌들을 내려놓고 삶의 전환점을 마련해볼 일이다. 그 새벽, 산사의 정적을 깨우던 죽비 소리 유난히 그립다.

하단동 옛집

　　　　　　　　　　새로 이사 온 집, 한가로이 거실에 앉아 창밖을 보고 있다. 하늘은 손에 잡힐 듯 가까이 보이고 초록을 한껏 머금은 앞산은 제 세상을 만난 듯 푸르다. 바로 앞으로 보이는 골프장에서는 부지런한 골퍼들이 이른 아침부터 골프 삼매에 빠진 듯하다. 이 집으로 이사 오고부터 일상처럼 보는 광경이다. 이렇게 자연을 눈앞에 두고 살았던 때가 언제였던가? 문득 오래전 기억 하나가 불현듯 생각을 파고든다.

　　출근을 하려고 아침밥을 먹는데 느닷없이 집달관들이 들이 닥쳤다. 그들은 예고도 없이 쳐들어와 적군처럼 순식간에 집 안을 점령했다. 미처 대항할 겨를도 없었다. 제법 반짝거리던 세간살이들은 속살을 내보인 채 비명을 지르며 거리로 내동댕

이쳐졌다. '날벼락을 맞는다'는 죽은 언어가 펄펄 살아나 칼춤을 추기 시작했다. 엄마는 망연자실 주저앉았고 나와 동생은 영문을 몰라 안절부절못했다.

동생이 대학에 합격하자 외항선을 타던 큰오빠는 낙동강이 보이는 부산 하단동에 아담한 전셋집을 마련했다. 시골집과 밭을 판 돈으로 얻은 집이었다. 방 세 개에 넓은 거실이 딸린 새로 지은 이층 양옥이었다. 낮에는 따스한 햇살이 거실로 몰려와 제집인 양 놀다 가고, 거실 앞으로는 낙동강이 끝없이 펼쳐지던 곳. 밤이면 강 건너 을숙도에서 갈대 울음이 사각사각 들려왔다. 엄마가 50년 넘게 살던 고향을 떠나 도시에서 살게 된 첫 집이었다. 고등학교 때부터 결혼한 언니 집 신세를 지던 나도 엄마 품으로 옮겨 왔다.

큰오빠와 세관에 다니던 작은오빠 덕분에 엄마는 고단했던 지난날들을 옛이야기처럼 하며 살게 되었다. 오빠들은 간간이 랑콤이나 시세이도 같은 화장품을 갖다주기도 했다. 수입 자유화가 되지 않았던 때라 '미제'나 '일제'라는 이름을 단 그것들은 보통 사람들은 쓰기 힘든 물건이었다. 그런 외제들을 수시로 쓰면서도 나는 그게 귀한 줄도 몰랐다. 오빠들은 어린 나이에 아버지를 잃은 나와 동생이 혹시 기라도 죽을까 봐 보통의 아이들보다 더 배려를 했다. 큰오빠는 고등학교를 졸업하는 나에게 푸른색 스위스제 시계를 선물하기도 했으니……. 당시 외항선을 타던 사람들은 일반 월급쟁이들보다 몇 배나 많은 수입을 올렸기에 가능한 일이었다. 엄마와 언니, 오빠들한테 진 빚이 참 많다. 평생을 두고 갚아도 못 갚을 빚이다.

하단으로 이사를 오면서 모든 게 순조롭게 잘 흘러가고 있었다. 엄마는 집 가까이에 있던 공터에 소일거리 삼아 푸성귀를 심어 길렀고, 나와 동생은 가끔 집 뒤 에덴공원 안에 있는 '강촌'이나 '강변' 같은 음악실에서 시간을 보내기도 했다. 강 위를 날아가는 물새들의 휘황한 군무를 보며 비상을 꿈꿨던 우리 가족. 하단동 집은 그렇게 우리 가족 모두가 행복했던 도시에서의 첫 집이었다.

그런 집이 하루아침에 경매로 넘어갔다. 요즘이야 세입자에게도 경매 사실을 알리고 여러 가지 절차를 밟지만 40여 년 전에는 그런 것조차 없었던 모양이다. 엄마가 그런 사실을 전혀 몰랐다고 했으니 말이다. 영화의 한 장면처럼 우리는 그렇게 내쫓김을 당했다. 개나리 꽃망울이 막 움을 틔우던 이른 봄날이었다.

널브러진 살림살이들을 대충 언니 집으로 옮겨놓고 엄마는 물어물어 주인집을 찾아갔다. 당장 멱살이라도 잡아 전세금을 받아 올 참이었다. 그러나 지친 걸음으로 저녁에 돌아온 엄마는 기운이 다 빠져 쓰러졌다. 건설업을 하던 집주인이 은행 빚을 못 갚아 부도가 났다고 했다.

"나이도 젊은 사람이 너무 욕심을 냈던 기라. 사정이 좋아지면 우리 전세금부터 갚겠다고 부부가 싹싹 비는데 어쩔 도리가 있어야 말이지……."

큰오빠 나이밖에 되지 않은 집주인이 만삭의 아내와 단칸방에 살고 있더라며 오히려 집주인을 걱정했다. 싸고 깨끗한 집이 있다는 지인 말만 믿고 덜컥 집을 계약한 게 잘못이었다. 당시엔 임대차보호법 같은 것도 없었던 때라 우리 가족은 하루아침에 알거지가 될 뻔했다. 하지만 다행히도 집을 소개했던 주인 누나가 돈을 좀 구해주어서 우리는 약간 허름하긴 했지만 급히 다른 집을 얻어 살게 되었다.

그렇게 속수무책의 날들이 흐르던 몇 년 후, 거짓말처럼 집주인이 돈을 들고 찾아왔다. 요즘 뉴스를 보면 일부러 부도를 내서 세입자들을 곤경에 빠뜨리는 사람들도 있다던데 세상엔 그렇게 착한 사람도 있었다. 그 선한 집주인 얼굴이 아직도 기억에 남아 있다. 그런 성품의 사람이니 지금쯤 그는 탄탄한 건설 회사 경영주가 되어 있지 않을까?

덕분에 우리는 돈을 좀 더 보태 '맨션'이라는 이름을 단 최신식(?) 아파트를 사서 이사를 하게 되었다. 버튼만 누르면 따뜻한 물이 펑펑 나오던 새 아파트였다. 전 재산이나 다름없는 전세금을 날리고 벼랑 끝으로 추락할 뻔했던 우리 가족에게 신이 내린 축복 같았다. 산다는 건 어쩌면 한 편의 영화처럼 그렇게 흘러가는 것이 아닐까?

"재첩국 사이소, 재첩국 사이소~."

낙동강 하구에서 잡은 재첩으로 국을 끓여 팔러 다니던 상인들 목소리가 새벽을 깨우던 하단동 877번지. 김정한의 소설 『모래톱 이야기』 배경이 되었던 조마이 섬이 저 멀리 강 건너로 보이던 집. 저녁노을이 유난히 아름다웠던 집. 달 밝은 밤이면 엄마와 동생과 손을 꼭 잡고 강변을 걸으며 나직이 유행가를 부르며 오던 집. 몸이 약한 나를 위해 엄마가 살아 있는 민물장어로 중탕을 끓이려다가 장어가 솥에서 튀어나와 혼비백산을 하게 했던 그 집.(그 뒤로 나는 장어를 먹지 않는다.) 이제는 거대한 낙동강 하구언이 설치되어 옛 모습이 사라졌지만 나는 아직도 그곳이 그립다.

"나이스 샷!"

멍하니 생각에 잠겨 있다 어느 골퍼의 외침에 번쩍 정신이
들었다. 평일 아침, 저렇게 여유롭게 골프를 치는 사람들은 어
떤 직업을 가졌을까? 봄 하늘이 유난히 고운 날이다.

내 마음속의 촛불들

내 가슴속에는 바다가 산다. 아니, 저 넓은 바다 멀리로 유유히 떠내려가던 촛불들이 살고 있다. 어머니의 기원과 마을 사람들의 염원을 담은 박 바가지 속 작은 촛불들. 서로를 의지하며 가물가물 멀어져 갔던 그 촛불들은 아득히 먼 수평선을 지나 오대양 육대주까지 흘러갔을까? 내 마음 깊은 곳에는 아직도 꺼지지 않은 촛불들이 살아 있다.

오랜만에 어린 시절 내가 살던 작은 바닷가 마을에 왔다. 해무에 갇힌 바다는 몽환의 섬처럼 고요하다. 은빛 멸치들을 해풍에 말리던 선창가에선 동무 잃은 파도만이 무심히 졸고 있을 뿐, 만선의 꿈을 안고 새벽어둠을 가르며 출항하던 어선들의 모습은 어디에도 없다. 그들은 다 어디로 갔을까?

내 고향 남해는 본디 유배의 섬이었다. 귀양 온 선비들의 꼿꼿한 절개가 살아 숨 쉬던 곳. 아침과 저녁 두 번, 육지로 나가는 여객선이 전부였던 고립의 마을이었다. 부모들은 자식들을 육지로 내보내려는 소망으로 한겨울의 시린 칼바람을 맨몸으로 맞으면서도, 조개를 파고 굴을 땄다. 변변한 장화 한 켤레도 없이 바다에 뛰어들어 미역을 채취했던 마을 사람들. 그들은 한밤중에도 횃불을 들고 바다에 나가 홰바리°를 하며 낙지와 바닷게를 잡았다. 물려받은 재산도 없이 학문도 짧았던 사람들이 선택할 수밖에 없었던, 그들만의 살아가는 방식이었다.

고단한 생의 파도 앞에서 수없이 많은 풍랑과 좌절을 겪으면서도 해보다 먼저 일어나 새벽을 갈무리했고, 아이들은 누가 시키지 않아도 스스로 아침밥을 챙겨 먹고 학교에 갈 줄 알았다. 바다에서는 쌀이 나왔고 등록금이 나왔으며, 도시로 나간 자식들의 생활비가 나왔다. 우리들은 그렇게 부모들의 땀과 억척으로 바다의 몸을 파먹으며 자라왔다. 퍼도, 퍼도 마르지 않는 바다가 물려준 유산 덕분이었다.

해마다 정월 대보름이 되면 어머니가 하던 연례행사가 있었

○ 밤에 바다에 물이 빠지면 횃불을 들고 나가 낙지나 꽃게를 잡던 전통 어로 방식으로 남부 지방 해안가 사람들이 쓰던 말이다.

다. 새하얀 한지에 십 원짜리 동전과 쌀을 손가락 한 마디 크기로 봉지, 봉지 싸서는 박 바가지 속에 담았다. 가운데엔 촛불을 쓰러지지 않게 단단하게 고정시키곤 저 먼 바다로 띄워 보내는 의식이다. 어머니뿐 아니라 마을 사람들 대부분이 하던 연례행사였다. 남자들 반 이상이 어업에 종사했던 마을이라 촛불을 띄워 보내며 사람들은 풍어를 기원했고, 또 해난 사고가 일어나지 않기를 간절히 빌었다.

촛불들은 어머니와 마을 사람들의 염원을 싣고 앞서거니 뒤서거니 대열을 이루며 더 먼 바다로 흘러, 흘러서 갔다. 휘영한 달빛이 내려앉은 정월 대보름 밤, 커다랗게 꽃무리를 이룬 촛불 꽃들로 밤바다는 장관이었다. 어머니는 두 손을 모으고 촛불이 더 먼 바다로 멀어질 때까지 한없이 머리를 숙였다. 자식들의 건강과 무탈을 간절히 빌고, 또 빌면서…….

촌뜨기란 말이 듣기 싫어 애써 감추고 싶었던 고향 마을. 방학만 되면 어머니는 시집 간 언니가 살고 있던 도시로 내 등을 떠밀었다. 학원비로 쓸 꼬깃꼬깃한 돈과 바다에서 채취한 먹거리들이 잔뜩 든 보퉁이를 챙겨주시곤 내가 탄 여객선이 보이지 않을 때까지 손 흔들던 어머니. 열 시간도 넘게 밤새 바다를 달려가 도착한 도시의 새벽 불빛을 보며 나는 한껏 부풀어 있었다. 하지만 나는 끝내 어머니의 희망이 되지 못했다.

가끔, 아주 가끔, 마을 어귀 당산나무와 전봇대 사이에 행정고시나 명문대 합격을 축하하는 현수막이 걸릴 때면 마을회관에서는 한바탕 잔치가 벌어졌다. 누구네 집안만의 경사가 아니라 마을 사람 전부의 자랑이었다. 막국수 한 그릇에도 행복했던 사람들은 오랜만에 떡과 돼지고기로 주린 배를 채웠다. 막걸리 몇 사발에 얼굴이 불콰해진 남정네들은 장구와 꽹과리를 치며 풍악 소리 드높였고 아이들은 저마다 꿈의 높이를 한 단계씩 높여 나갔다. 그 꿈들은 풍선처럼 부풀어 바다 건너 저 넓은 대도시까지 전해졌다.

바다의 곡절들이 켜켜이 쌓인 섬마을. 바다는 수영복이 무엇인지도 모르던 아이들에게 그저 신나는 놀이터였다. 팬티만 입은 채 경주하듯 섬과 섬 사이를 헤엄쳐 다니면서도 그게 위험한 일인 줄도 몰랐다.

만선의 고깃배들이 북적이던 선창가, 거친 파도를 헤치고 온 은빛 멸치 떼들의 향연, 달무리 진 바다에서 먹이를 찾아 줄지어 나선 물오리들의 그림 같은 모습들은 얼마나 아름다웠던가? 어느 화엄의 세계가 그렇게 깊고 넓었을까? 먼 바다에 떠 있던 커다란 대나무 활어조에선 통발배가 잡아온 장어들이 일본으로 수출될 날을 기다리며 요동치고 있었다.

해무 사이로 후드득 빗방울이 떨어진다. 내 유년의 꿈이 살아 있는 이곳에는 험난한 파도를 헤쳐 온 맑은 성품의 사람들이 살고 있었다. 지난했던 삶의 기억들조차 당연히 져야 할 부모의 의무라 생각했던 선한 눈망울의 사람들. 소멸하는 저녁노을처럼 초연히 자식들의 무탈함에 그저 감사하며 하루하루를 살아갔다. 세월이 흘러 이제는 다리가 놓이고 자동차가 씽씽 달리는 세상이 되었지만 내 기억 속 고향은 아직까지 유년 시절에 머물러 있다.

삶에도 복선伏線이 있을까? 인드라망의 구슬처럼 부모들을 꼭 닮은 자식들은 스스로를 바닷가 출신 촌놈이라 부르면서도 당당하다. 뼛속 깊이 바다의 유전자를 물려받아 험난한 도시의 바다에서도 튼튼하게 뿌리를 내려 꿋꿋하게 살아가고 있다. 바다가 키워놓은, 바다의 자식들이다.

육지로 가는 여객선에선 〈흑산도 아가씨〉나 〈섬마을 선생〉 같은 노래가 끊임없이 흘러나왔던 내 고향 남쪽 바다. 뭍을 향한 그리움을 안고 삭신이 헤지도록 물질을 하면서도 자식들만은 이 섬에서 벗어나게 하려 했던 부모들. 그들의 애환이 그려낸 맵싸한 생존의 무늬들이 선연하다. 어머니와 마을 사람들이 해마다 띄워 보냈던 그 많은 촛불들은 다 어디로 갔을까? 아직도 내 가슴속에는 언제나 멀리, 저 먼 바다 멀리로 띄워 보낼 촛불 하나 예비하고 있다.

마지막 인사

　　　　　　　　　　　　한 남자가 온 힘을 모아 큰절을 한다.
넘어질 듯 위태위태하다. 한여름 무더위에도 그는 양복에 넥타
이까지 맨 정장 차림이다. 맞은편에 앉아 절을 받는 비슷한 연
배 남자 표정이 좌불안석이다. 잠시 숨 막힐 듯 정적이 흘렀다.

"그동안 감사했습니다!"

　절을 마친 남자가 다시 한번 깍듯하게 인사를 한다. 그러고
는 주위에 있던 사람들과도 일일이 악수를 하곤 그동안 고마웠
다며 머리를 숙인다. 얼굴빛 하나 변하지 않고 초연히 인사를
하는 남자, 목소리는 힘이 없었으나 모든 것을 달관한 듯 표정

은 온화하다.

무더위가 절정이었던 작년 7월, L선생이 전화를 했다. 몇몇 분들이 보고 싶어 초대했으니 자신의 집에 와줄 수 있겠느냐며 조심스레 내 의사를 물었다. 나는 어떤 예감을 하곤 온몸에 전율이 일었다. 평소 같았으면 절대 그런 말을 할 사람이 아니라는 걸 잘 알기 때문이다. 그는 굳이 '마지막으로'란 말은 하지 않았다.

L선생은 나와 동문수학하던 분이다. 20대부터 50대까지 십여 명이 조금 넘는 학생들 사이에서 그는 나이가 제일 많았다. 그러다 보니 그는 동기생들을 동생처럼 살뜰히도 챙겼다. 학생들 사이에 문제가 생기면 중간에서 조율하고, 화해를 시키면서 사이를 돈독하게 만들었다.

공무원 신분으로 모든 일에 성실했던 L선생. 그가 학기 중에 암이 걸렸다며 휴학을 했다. 치료를 받으면서도 그는 교수님과 동기들 관계를 끊지 않고 가끔씩 만남을 가졌다. 수술을 하고 예후가 좋아 잘 지내는가 싶었는데 암은 또 다른 곳으로 여러 번 전이가 되었고, 그럴 때마다 수술과 치료를 반복하며 몇 년 동안을 잘 견뎌내고 있었다.

정년을 1년 앞두고 명예퇴직을 한 그가 하루는 이런 말을 했다. 이제는 자신과 관계 맺었던 사람들을 만나 밥을 사주며 남은 생을 살아가겠노라고. 그는 그렇게 우리에게도 자주 밥을 샀고 또 그렇게 몇 년이 흘렀다. 강원도 횡성 산속에 작은 집을 얻어서는 혼자 산을 오르고 글을 쓰며 3개월에 한 번 검진을 받을 때만 서울로 온다고 했다. 그런 그가 어느 날은 자신이 사는 집에서 조그맣게 출간기념회를 한다며 횡성으로 동기들을 초대했다. 그동안 썼던 글을 모아 작품집을 낸 거였다. 동네 교회 목사님이 축사를 했고 가까이 지내는 마을 사람들도 달려와 한마음으로 그의 출간을 축하해주었다. 그는 신도가 거의 없는 동네 교회에 가끔씩 후원을 한다고 했다.

그렇게 치열하게 투병 생활을 하던 L선생에게 신은 결코 자비 따윈 베풀지 않았다. 정기 검진을 받은 그가 온몸에 암이 퍼져 손을 쓸 수 없다고 했다. 의사가 신약 임상실험으로 마지막 희망을 걸어보자고 권유했으나 그는 치료를 포기하고 집으로 돌아갔다. 실험 대상이 되어 온갖 검사를 하고 치료를 한다고 해도 회생 가능성이 몇 퍼센트나 되겠냐면서. 결코 원망이나 절망의 내색도 비치지 않았다. 겉으로 보기에 그는 전혀 환자처럼 보이지도 않았다.

그렇게 집으로 갔던 L선생이 두어 달 후 지도 교수님과 동기들 몇 명을 집으로 불렀다. 그새 살은 많이 빠졌고 몸은 부축을 받아야 할 정도로 쇠약해져 있었다. 그런 그가 교수님을

군이 거실 바닥에 앉으라고 하더니 큰절을 했다. 그는 자신과 인연 맺었던 사람들과의 이별을 그렇게 감사와 고마움으로 마무리하고 있었다. 그에게 어떤 위로의 말도 가식에 불과하다는 걸 알기에 미처 하지 못한 말들이 입 속에서 아우성을 치고 있었다.

20여 일 후, 그의 부음을 들었다. 장례식장에는 소년처럼 맑은 표정의 L선생이 영정 속에서 우리를 맞고 있었다. 떠나기엔 아직 이른 나이에 세상을 등진 그를 기억하며 우리는 숙연해졌고 또 어떤 이는 눈물을 보이기도 했다. 호스피스 병실에서 3일을 머물다 조용히 떠났다며 그의 아내가 담담하게 얘기했다. 잿불처럼 꺼져가는 생명을 속절없이 바라보며 그렇게 자신의 삶을 마무리하던 그는 해탈의 경지에 이른 것처럼 보였다. 독실한 불교 신자였던 그다운 선택이었다.

얼마 전,『천 번의 죽음이 내게 알려준 것들』이란 책을 읽었다. 호스피스 병동에서 천 명이 넘는 환자에게 임종을 선언했던 한 의사의 체험담이었다. 그는 죽음은 독학할 수 없으니 타인으로부터 배워야 한다고 주장했다. 자신이 건강할 때 먼저 세상을 떠나는 이의 죽음을 보면 현재의 삶이 달라진다는 거였다. 도저히 이겨낼 수 없을 것 같은 절망에 빠지게 되었거나 아무리 애를 써도 누군가를 용서할 수 없어 분노가 끓어오를 때, 그래서 극단적인 선택을 할 정도로 힘이 들 때는 호스피스 병동을 찾아보길 권했다. 죽음이 그 모든 문제의 정답을 가지고 있다면서.

살아온 날들을 그렇게 담담하게 정리하는 일이 어디 쉬운 일이었을까? 그런데도 묵묵히 자신의 삶을 마무리하던 L선생의 모습이 오히려 아름답게 여겨졌다. 불교에서는 이승에서의 삶은 억겁의 세월 속 찰나에 불과하다고 하지 않았던가? 좋은 삶을 살다 좋은 죽음을 맞은 L선생의 몸은 가뭇없이 사라져버렸으나 죽음 앞에 의연했던 그의 모습은 오랫동안 가슴속에 남아 있을 것 같다. "감사합니다, 고맙습니다"로 이승에서의 인연들과 마지막 인사를 나누던 그의 비장悲壯했던 얼굴이.

해 질 무렵

 인적 없는 마당에 흐드러지게 핀 영산 홍 무더기가 애잔하다. 병풍처럼 집을 감싸고 있던 뒤란의 대나무 숲도, 도시로 나간 자식들 집으로 퍼 나르던 된장, 고추장 항아리들도 예전 그대로다. 오랜 세월, 세심한 손길로 어루만져졌을 저것들은 주인의 부재를 알기나 할까? 어린 시절 내 마음속에 따스한 기억으로 남아 있는 젊디젊은 막내 외삼촌과 외숙모는 지금 어디쯤에서 지친 육신을 누이고 있을까? 나는 주인 없는 빈집 마루에 걸터앉아 켜켜이 쌓인 이 집의 전설들을 떠올리고 있다. 마을에서 가장 높은 곳, 금빛 바다가 내려다보이는 언덕 위에 주인 잃은 집 한 채가 무심히 졸고 있다. 마치 누군가를 기다리는 듯 긴 목을 늘어뜨린 채…….

2년 전, 앙상한 팔에 링거를 꽂은 채 외숙모가 핏기 없는 얼굴로 눈을 감고 있었다. 우리 집 지척에 있는 종합병원 암 병동이었다. 코에는 호흡 보조기를 낀 채 잠인지 실신인지 분간이 안 될 정도로 미동이 없었다. 외숙모는 거미줄 같은 희망을 안고 천리 길을 달려 의료 시설이 좋다는 서울까지 왔을 것이다. 외숙모의 얼굴에선 똬리를 튼 죽음의 그림자가 일렁거렸고, 병실엔 깊은 정적이 흘렀다. 창밖에는 봄꽃들이 힘차게 새 움을 틔우고 있던 3월이었다.

"니 결혼식 날 보고 처음이구나."

한참 시간이 지난 후 간신히 눈을 뜬 외숙모가 내 손을 쓰다듬었다. 물기라곤 없는 까칠한 손이었다. 30여 년 만이었다. 얼굴이 참 고왔던 40대 외숙모는 70 중반의 병든 노인이 되어 나와 마주했다.

육체와 정신의 거리는 지구의 끝과 끝처럼 멀기만 했다. 몸은 태풍 앞의 오막살이처럼 위태위태해 보였으나 정신은 명징해 오래전 일들을 어제처럼 생생하게 기억해내고 있었다. 외삼촌이 폐암에 걸리자 남편을 살려보겠다는 일념으로 정신없이 간호를 하느라 정작 당신이 중병에 걸린 줄도 몰랐다고 했다.

눈가엔 촉촉이 눈물이 고이기 시작했다. 외숙모는 결국 내가 싸간 음식들을 하나도 입에 대지 못했다.

저 멀리 바다 한가운데 죽방렴 옆에는 조그만 배 한 척이 한가로이 떠 있다. 풍어로 한껏 부풀어 올랐던 어부들의 분주했던 손길과 그 많던 멸치잡이 배들은 다 어디로 사라진 것일까. 대낮인데도 마을엔 지나가는 사람이 하나도 보이지 않는다. 그물에 걸린 멸치들을 털어 큰 가마솥에 삶아서 말리던 선창가 옆 자갈밭도 보이지 않는다. 간간히 들려오는 파도 소리에 흘러간 삶의 흔적들만 살며시 고개를 들고 있을 뿐……. 노동에 지쳐 벌컥벌컥 막걸리를 들이켜던 어부들의 불콰한 얼굴도 빛바랜 사진처럼 옛 추억이 되어버렸다.

외숙모는 끝내 집으로 돌아가지 못했다. 화장되어 한 줌 가루로 남았다가 두 달 후 돌아가신 외삼촌과 함께 국립묘지에 묻혔다. 그 후 이 집은 빈집이 되고 말았다. 능소화가 흐드러지게 피던 초여름이었다.

엄마의 아홉 형제 중 살아 있던 유일한 피붙이였던 막내 외삼촌은 이 마을에서만 80년을 살았다. 평생을 허심, 무심 욕심 없이 살다 간 삶이었다. 나도 어릴 땐 이 동네에 살았다. 100여 호 가까운 가구가 올망졸망 머리를 맞대고 살던 마을. 아침이면 200명도 넘는 아이들이 왁자지껄 떼를 지어 학교를 가던 곳. 나와 같은 학년의 친구들만도 32명이었던 큰 마을이었다. 누구 집 큰아들이 행정고시에 붙었다거나, 누구네 딸이 명문 여고에 합격했다는 소식이 들리면 아이들은 순식간에 제 꿈의 높이를 한 단계씩 올렸다. 그러곤 저마다의 꿈을 좇아 도시로, 도시로 떠나서는 다시 돌아오지 않았다.

외삼촌과 외숙모가 돌아가시던 그해에 이 마을에는 일곱 명의 독거노인들이 돌아가셨다고 한다. 그 숫자만큼 마을엔 빈집도 늘었을 것이다. 지척에 있는 초등학교와 중, 고등학교도 전교생이 100명도 채 안 돼 폐교 위기에 처했다. 인구 절벽과 고령화로 30년 후면 30%가 넘는 지방자치단체가 사라질 위기에 처했다고 한다. 몇십 년 후 이곳도 아무도 살지 않는 유령 마을이 되는 건 아닐까?

정초가 되면 바닷가 옆 당산나무 아래서는 한바탕 굿판이 벌어졌다. 동제洞祭였다. 당산나무 가지엔 형형색색의 끈들이 묶여 바람에 나부끼었고, 무당의 신들린 춤과 징 소리는 온 마을과 바다를 뒤흔들고 있었다. 무당의 입에서는 봇물처럼 사설이 쏟아져 나왔다. 마을 사람들도 모두가 당산나무 아래에 모여 두 손을 모으고 연신 허리를 숙이며 마을의 안녕을 빌었다. 굿판에는 바닷가 사람들의 간절한 바람과 애환이 깃들어 있었다. 축제였다. 먹을거리에 굶주린 아이들은 영문도 모른 채 그저 신이 났다. 동제 뒤에 얻어먹을 고사떡이나 과일들을 생각하며 풍선처럼 가슴이 부풀어 올랐다. 모두가 가난했던 날들이었다.

겨울이면 마을 오빠들은 꿩 잡이에 나섰다. 메주콩에 구멍을 뚫어 그 속에 청산가리를 넣고는 촛농으로 구멍을 막았다. 그렇게 만든 미끼를 꿩이 잘 다닐 만한 곳에 뿌려놓고는 다음날 그걸 먹고 죽은 꿩들을 잡아서 내장을 걷어내고 국을 끓이거나 백숙을 해 먹기도 했다. 그렇게 위험천만한 일을 하면서도 아무도 그게 위험하다는 생각을 하지 못했다. 꿩을 먹고 죽었다는 사람이 하나도 없었던 걸 보면 동제의 효험으로 천지신명이 도우신 건지? 슬프도록 순수했던 시절이었다.

"친척들 누구든지 고향 올 일 있으면 우리 집에서 자고 가세요."

내 유년의 기억들이 봄날의 벚꽃 이파리만큼이나 무성한 이곳. 도시에 살면서도 수시로 찾아 와 부지런히 빈집을 보살피는 동갑내기 외사촌 덕분에 아직도 이 집에선 사람의 온기가 사라지지는 않았다.

쏴아~.

파도가 갈 길을 재촉하고 있다. 이 봄이 지나면 마당 넓은 이
집에도 수국과 능소화가 앞다투어 피어날 것이다. 능소화 꽃말
이 기다림이라 했던가. 붉디붉은 저녁노을이 소리 없이 내려앉
고 있다.

우리는 손 안에 그 무언가를 더 많이 움켜쥐기 위해

얼마나 많은 숨을 참으며 견뎌냈을까.

어떻게 해야만 그것들을 온전히 내려놓을 수 있을까.

삶이란 어쩜 모범답안을 찾지 못한 시험 같은 게 아닐까?

노을처럼

어떤 귀향

강원도를 좋아한다. 특히 이른 새벽,
한적한 절간 마당에 서서 무심히 하늘을 올려다보는 것은 내가
가장 좋아하는 일이기도 하다. 몇 해 전 그날도 그랬다. 양양
휴휴암에 가서 머리나 식히고 오려고 당일치기로 나선 길이었
다. 강릉을 지날 무렵 간간이 날리던 눈발이 갑자기 폭설로 변
해버렸다. 윈도우브러시를 빠르게 작동시켰지만 퍼붓는 눈을
감당하기엔 역부족이었다.

국도로 들어선 게 잘못이었다. 길은 사라지고 논과 밭의 경
계도 모호해졌다. 뒤뚱뒤뚱 서로를 위로하며 달리던 자동차들
도 어디로 갔는지 다 사라져버렸다. 길이 미끄러워 더 이상 전
진을 하기도 힘든데 도로엔 가게 하나 보이지 않았다. 갑자기

무서움이 엄습했다. 가까스로 한참을 더 가니 '식당'이라고 쓴 조그만 간판이 보였다. 베니어판에 검은 페인트로 대충 쓴 그 간판이 얼마나 반가웠는지 몰랐다. 마을도 아닌 허허벌판 국도변에 식당이 있다니⋯⋯. 문을 열자 초로의 여인이 객을 맞았다.

엄밀히 말하면 그곳은 식당이 아니었다. 가정집 거실에 교자상 두 개를 펴놓았을 뿐이다. 아침에 밥과 반찬 몇 가지를 해두고 손님이 오면 된장찌개나 김치찌개에 간고등어 한 마리를 구워내는 극히 소박한 밥상이었다. 하지만 땅 밑에 묻어뒀다 내온 무김치는 그 차고 상큼함이 냉장고에서 나온 김치와는 비할 바가 아니었다. 식사 후 끓여준 누룽지는 온몸에 온기를 전하며 쌓였던 피로를 스르르 녹게 했다. 정갈한 성찬이었다.

초행길의 이방인을 반기지 않는 듯 눈은 점령군처럼 기세를 더하며 퍼부었다. 자동차 바퀴가 눈에 빠져버려 다시 길을 나설 형편도 아니었다. 그 난감함이라니⋯⋯. 잠자리가 누추하지만 자고 가라는 주인아주머니의 말에 염치불고 하룻밤을 신세지게 되었다. 느닷없이 불청객이 된 내가 안절부절못하자 겨울 강원도에선 가끔 있는 일이라며 위로를 한다.

말이 식당이지 하루에 손님이 열 명도 찾지 않는 집. 마을과 한참 떨어진 곳에 섬처럼 떠 있는 그 작은 집에서 세 여자가 함께 살고 있었다. 거동을 잘 못하는 구순의 할머니와 행동이 약간 부자연스러워 보이는 60대 여자와 식당 아주머니였다. 90대 할머니는 시어머니였고 60대는 시누이라고 했다.

그날 밤 나는 주인아주머니와 한 방에서 자게 되었다. 아주머니는 묻지도 않았는데 자신이 살아온 날들을 넋두리처럼 길게 늘어놓았다. 도시에 살다 자신과 남편의 고향인 이곳으로 온 게 3년 전이라며……. 체념인지 슬픔인지 가끔은 한숨도 쉬었다.

"남편은 오래전에 세상을 떴어요."

식당 간판이 없으면 누가 이 집을 찾아나 줄까. 그녀는 사람이 그리운 것 같았다. 남편도 없는 며느리가 정신이 온전치 못한 시누이와 연로한 시어머니를 모시고 살다니, 요즘 같이 각박한 세상에 보기 드문 광경이었다.

도란도란 한참 이야기를 이어가던 그녀가 어느 순간 곤히 잠에 빠져 들었다. 고단했던지 가늘게 코까지 골았다. 잠자리가 바뀌니 온갖 잡념들이 스멀스멀 기어 나와 잠을 이룰 수가 없어 살그머니 방문을 열고 마당으로 나갔다. 세상에나! 이런 고요가 있다니. 세상 저편 죽음의 계곡이 이렇게도 고요할까? 마당은 온통 순백의 신부처럼 꽃으로 피어났다. 그 꽃은 부질없는 욕망들과 나를 힘들게 했던 타인의 허물까지도 다 지워버렸다. 산다는 건 어쩌면 갑작스레 내린 폭설로 길이 끊긴 것처럼 수없이 많은 난관들과 부딪치며 끝없이 곡예를 하는 건 아닐까?

아주머니는 자식 둘을 출가시키고 복지관에서 운동도 하고 노래도 배우면서 노년을 즐겼다고 했다. 그런데 밭일을 하던 시어머니가 언덕에서 굴러떨어져 거동이 불편해진 바람에 어쩔 수 없이 이 시골로 들어왔단다. 남편 형제들도 다들 형편이 어려워 어느 누구도 그 두 사람을 보살필 형편이 안 되었다고 했다. 고심 끝에 살림을 정리해 고향으로 돌아왔다는 그녀의 인생이 폭설에 뒤덮인 도로처럼 막막해 보였다.

이른 새벽, 끊어질 듯 이어지는 가느다란 소리에 눈을 떴다. 아주머니가 성경책을 펴놓고 조곤조곤 기도를 하고 있었다. 혹시라도 내가 깰세라 목소리는 낮고 조용조용했다. 나는 잠든 척 가만히 눈을 감았다. 그녀의 새벽기도는 절박하지 않았다. 밥을 먹듯, 숨을 쉬듯, 기도가 생활인 듯했다. 세상 어느 성직자의 얼굴이 저렇게 평온할 수 있을까? 고통이 산화되어 심연이 된 듯 그 모습이 마치 달관한 수도승처럼, 부처의 온화한 미소처럼 초연하게 느껴졌다. 나이 40이 넘으면 삶의 궤적들이 얼굴에 고스란히 나타난다고 하지 않았던가. 그녀의 삶이 황량한 겨울 들판처럼 무채색일 거라고 지레짐작한 내 속물근성이 부끄러워졌다.

남편도 없는 70대의 며느리가 시어머니, 시누이와 함께 만들어가는 생의 긴 여정. 저들은 전생에 무슨 인연으로 저렇게 살아가고 있는 것일까. 문득 주위에서 전해 듣는 고부갈등의 이야기들이 눈앞에 아른거렸다. 아주머니의 생활은 '페미니즘'이니 '여성의 자아 찾기'니 하는 단어들을 무색하게 하고 있었다. 그것은 가부장제 사회에서 억압당하던 일방적 희생이 아니었다. 그녀 스스로 선택한, 그 어떤 종교보다도 더 숭고하고 아름다운 휴머니즘이었다.

아침이 되자 세 여자가 사는 그 집도 서서히 기지개를 켰다. 부엌에서는 찌개 끓는 냄새가 구수했다. 며칠 시장을 못 가 찬이 없다며 연신 미안해하면서 길손을 위해 따뜻한 밥을 준비하는 손길이 분주했다.

오전 10시가 지나자 언제 그랬냐는 듯 햇살이 눈부시게 쏟아졌다. 겨울 햇살치곤 온화했다. 집을 나서며 차 트렁크에 실려 있던 믹스커피와 생필품 몇 가지를 드렸더니 땅 밑 항아리에서 꺼낸 무김치와 누룽지를 잔뜩 싸주었다. 돈을 드린다고 했더니 무슨 이런 걸 돈을 받느냐며 환히 웃어 보였다. 김치는 지천에 깔린 게 무라 많이 담가 두었던 거고, 누룽지는 손님이 없는 날 남은 밥을 버릴 수가 없어서 만들어둔 게 처치곤란이라고 했다. 그러면서 전날 저녁과 오늘 아침 밥값 외에 다른 돈은 절대 받을 수 없다며 손사래를 쳤다. 아주머니 몰래 지폐 몇 장을 요 밑에 넣어놓고는 자동차 시동을 걸었다. 집은 서서히 멀어져 가는데 내 차가 보이지 않을 때까지 연신 손을 흔들던 아주머니, 그 모습은 한 폭의 수묵화처럼 내 마음속으로 파고들었다.

몇 년이 지난 요즘도 눈 내리는 겨울이 되면 내 기억 속에 풍경처럼 남아 있는 그 식당이 떠오른다. 아주머니의 말씀은 죽비처럼 오래오래 나를 지켜주고 있다.

"저 불쌍한 사람들을 두고 나 혼자만 편하게 사는 건 사람 할 짓이 아닌 것 같아서……."

물숨

　　　　　　　　　　　　등에 진 망사리가 삶의 무게만큼이나 힘겨워 보인다. 화면 가득 클로즈업 되는 해녀들의 고통스런 얼굴과 "호오~이, 호오~이" 정적을 깨는 처연한 소리, 소리들. 저들은 얼마나 많은 자맥질과 숨비소리를 토해내고서야 순명처럼 자신의 삶을 받아들이게 되었을까? 한글보다 물질을 먼저 배웠다는 영상 속 해녀들의 일생이 애잔한 감동으로 다가온다.

　제주를 여행하면서 '해녀 박물관'을 찾은 건 순전히 작년에 보았던 다큐멘터리 영화 〈물숨〉 때문이었다. 한 번도 제주 바다를 떠나본 적이 없었다던 86세 고창선 해녀 할머니의 죽음, 그녀의 굽은 등과 애달팠던 생이 내내 머릿속을 떠나지 않아서

이다. 우도 해녀들의 삶과 죽음을 7년 동안 기록한 이 영화를 보니 그동안 내가 몰랐던 해녀들의 생활이 찡한 감동으로 다가왔다.

숨을 멈춰야만 살 수 있는 여인들이 있다. 태왁과 망사리를 등에 지고 변변한 장비도 없이 맨몸으로 바다로 뛰어드는 사람들, 제주의 상징 해녀들이다. 바닷속에 들어간 그들은 일고여덟 시간 동안 물 한 모금 마시지 않고 수없이 많은 자맥질을 반복한다. 극한의 순간까지 숨을 멈춘 채 소라, 전복, 문어, 해삼 등을 건져 올린다. 그들이 숨을 참은 대가는 가족들의 생계가 되고 자식들의 미래가 된다.

해녀들에게는 숨을 참을 수 있는 시간에 따라 상군, 중군, 하군으로 나눠진 자신들만의 계급이 있다. 숨의 길이는 선천적으로 타고나는데 아무리 노력을 해도 그 한계를 뛰어넘을 수는 없다고 한다. 세상에! 노력해도 뛰어넘을 수 없는 벽이라니? 그래서 처음 해녀가 되려는 사람들에게 가장 먼저 가르치는 건 자신의 숨만큼만 해산물을 따서 재빨리 물 위로 나오라는 것이라고 한다. 부질없는 욕심을 경계하라는 경고일 터이다.

해녀들은 자신의 한계를 너무나도 잘 알고 있다. 그 사실을 잊은 채 더 많은 해산물을 채취하기 위해 시간을 지체하다가는 '물숨'을 먹고 목숨을 잃게 되는 것이다. 물숨은 욕망을 다스리

지 못하고 자신의 숨 한계를 넘어서는 순간 물을 들이켜 목숨
을 잃게 되는 숨을 말한다. '숨비'가 극한의 순간에 토해내는 생
존의 숨이라면 물숨은 더 참을 수 없어 들이마실 수밖에 없는
죽음의 숨이다.

무엇이 그녀들을 바다로 뛰어들게 하는 것일까?

"내 그 아들 학비 대느라 참 힘들었시다."

딸 네 명에 아들 하나를 두었다는 고계원 할머니는 물질로
아들을 외국 유학까지 시켰다며 힘겹게 살아온 지난날을 이야
기한다. 열일곱 어린 딸을 바다에 바친 할머니도 있었다. 미역
에 발이 걸려 물숨을 먹었던 그녀의 딸은 꿈도 펼치지 못한 채
바다에 넋을 묻고 말았다.

자식들이 떠난 빈자리, 이젠 노쇠해 더 이상 물질이 힘든 늙
은 해녀는 가물거리는 기억 속에서도 가슴속에 옹이로 남은 피
붙이를 그리워한다. 한 공기의 따뜻한 밥과 뭍으로 보낸 자식
들을 공부시키느라 그녀들은 전사처럼 더 깊은 바다로 뛰어들
었을 터이다.

상어에게 몸뚱아리를 먹혀 살려달라 비명을 지르는 동료를
보면서도 자신의 목숨 보전을 위해 탈출할 수밖에 없었던 안타

까운 사연에는 눈시울이 뜨거워졌다.

어느 험준한 골짜기를 헤매다 온 바람처럼 해녀들의 몸에 새겨진 거친 생존의 무늬들. 그녀들이 토해낸 설움들을 껴안아주느라 바다는 저렇게도 울부짖고 있는 것일까? 포구엔 먹이를 찾아 모여든 갈매기들의 군무가 황홀하다. 저들도 생존의 한가운데에서 굶주린 배를 채우기 위해 이 바다를 찾았으리라.

삶은 고해라고 했던가. 얼마나 많은 시름들이 그녀들의 가슴에 머물다 간 것일까. 힘겨운 삶의 파도를 헤쳐 온 그녀들의 이야기가 내내 가슴을 먹먹하게 한다.

숙소로 들어오는 길에 해산물을 다듬던 한 해녀 할머니를 만났다. 석양이 내려앉던 제주의 그 바닷가에서 가쁜 숨소리를 고르며 들려주던 그녀의 긴 인생사. 바다에 남편과 아들을 바쳤다는 할머니는 수장된 기억들을 떠올린 듯 긴 한숨을 쉬었다. 덧없이 가버린 세월을 원망이라도 하려는 듯이…….

돌 틈 사이로 날아든 바람이 할머니의 숨비소리인 양 구슬프다. 피안의 세계로 가버린 고창선 할머니의 넋은 바다가 되었을까? 서른한 살에 남편을 잃고 바다를 남편 삼아 억척스레 4남매를 키웠다던 그녀. 그렇게 말렸건만 자신을 따라 해녀가 되었다던 셋째 딸의 절규와 '물혼굿'을 하던 장면이 생생하다. 물혼굿은 바다에서 죽은 사람의 혼을 건져 올려 위로하고 다시 바다로 보내는 의식이라 한다.

　내면의 상처가 깊은 사람은 더 깊은 동굴 속으로 침잠한다. 우리는 손 안에 그 무언가를 더 많이 움켜쥐기 위해 얼마나 많은 숨을 참으며 견뎌냈을까. 어떻게 해야만 그것들을 온전히 내려놓을 수 있을까. 삶이란 어쩜 모범답안을 찾지 못한 시험 같은 게 아닐까? 나는 오늘 이 바다의 품에 안겨 깊은 잠에 빠져들고 있다.

나혜석을 위한 변론

　　　　　　　　　　수덕사 경내에 있는 수덕여관, 나혜석
의 숨결이 머물렀던 이곳에 싸르륵싸르륵 겨울눈이 내리고 있
습니다. 조선 최초의 여성 화가이자 뛰어난 문필가였던 그는
이곳에서 5년여를 머물며 그림을 그렸다고 하지요. 친구 김일
엽이 수행하던 여기서 자신도 스님이 되고자 했으나 조실이었
던 만공스님의 거절로 꿈이 좌절됐다 하더군요. 전사처럼 시
대에 맞서다 장렬히 산화해버린 나혜석, 그는 간곳없고 소나무
한 그루가 그의 넋인 양 수덕여관을 지키고 있습니다.

　나혜석, 그는 진명여고를 수석으로 졸업하고 도쿄여자미술
전문학교에서 서양화를 전공한 신여성이었습니다. 3·1운동
당시 이화학당 학생만세사건에 연루돼 5개월 동안 옥고를 치

르기도 했지요. 어디 그뿐인가요. 그는 독립운동 단체인 의열단을 몰래 지원하기도 했습니다. 그런 그가 외도 사건으로 이혼을 당하고 무연고 행려병자가 되어 거리를 떠돌다 쓸쓸히 생을 마감했습니다. 무덤조차 없이 세상에서 사라져버렸습니다.

1927년, 그가 남편과 세계일주 여행 중 파리에 머물고 있을 때였습니다. 외교관이었던 남편 김우영은 독일로 법 공부를 하러 가면서 지인인 최린에게 어린 아내를 부탁합니다. 그러나 둘은 불꽃같은 사랑을 하게 됩니다. 그 일로 그는 파국을 맞게 되었고 아이들마저 만날 수 없게 되었지요. 물론 저는 최린과의 부적절한 관계에 대해서는 그를 두둔할 생각이 전혀 없습니다. 간통죄가 엄연히 살아 있던 당시의 제도 아래서 불륜은 마땅히 비난받을 소지가 있기 때문입니다.

하지만 그의 일탈에 남편 김우영은 책임이 없었을까요? 그는 결코 남편에게 애정이 식어 외도를 한 건 아니라고 했습니다. 구미 남녀들 결혼관을 보고 잠시 오판했다며 반성했던 그의 고백은 첩을 여러 명 두고도 아무런 지탄을 받지 않았던 남자들의 행태와는 정반대입니다. 당시 그는 30대 초반 어린 나이였습니다. 소문에 의하면 김우영도 한동안 다른 여자와 동거 관계였다는 사실에 대해서는 왜 한 번도 문제시하지 않은 걸까요?

나혜석과 불륜을 저지른 최린은 어떻습니까? 그는 메이지대학 법학과를 나온 엘리트였습니다. 3·1독립선언서에 서명을 했던 민족대표 33인 중 하나이기도 했지요. (나중에 친일파로 변절했지만.) 그런 사회 지도층 인사가 자신보다 열여덟 살이나 어린 나혜석과 불륜을 저지른 건 그의 잘못이 더 큰 게 아닌가요? 그런데도 맥락을 무시한 채 혼인 파탄 책임을 나혜석에게만 전가하며 탕녀로 매도한 건 한 여성의 인권을 송두리째 짓밟는 행위입니다. 그는 불륜 상대였던 최린에게조차 버림받았으니 말입니다.

어느 날 그가 자식들이 보고 싶어 찾아갔을 때 남편은 경찰까지 불러 매정하게 내쫓았습니다. 아무리 유책 배우자라고는 하나 애끓는 모정마저 끊어버린 김우영의 처사는 비정하기까지 합니다. 비수처럼 그를 찔렀을 수많은 비난들. 그에게 가해진 인습의 굴레는 너무 가혹했습니다. 여성에게만 요구되는 이런 부도덕적 경고는 비겁한 행위에 불과합니다. 윤리와 도덕을 빙자한 그 어떤 잣대로도 한 여성의 삶을 구속할 수는 없기 때문입니다.

그는 김우영과의 이혼 전말을 「이혼 고백장」이란 장문의 글로 써서 잡지 『삼천리』에 발표했습니다. 그 일로 그는 사회적 지탄과 함께 친정 식구들에게까지 외면받게 됩니다. 그가 가야 할 선택지는 어디였을까요? 그가 걸었던 길은 허공이었습니다. 암초에 부딪쳐 좌초된 난파선처럼 삶의 격랑을 이기지 못하고 낭떠러지로 추락해버린 가련한 여인이었습니다.

나혜석이 그림 공부를 위해 프랑스 파리 '아카데미랑송'에서 공부하고 있을 즈음은 그곳에서 피카소, 마티스 등 세계적 거장들이 활발하게 활동하던 때였습니다. 나혜석은 거기서 인상주의와 야수파 영향을 받아 자신만의 화풍을 개척하고 있었습니다. 거칠고 대담한 붓질로 그렸던 흑백 대비 작품들은 인간의 내면까지도 투시할 정도로 강렬했습니다. 조선 선전에서도 여러 번 수상했던 그가 결혼 생활이 파탄나지 않았더라면 피카소나 마티스처럼 세계적 작가 반열에 이름을 올렸을지도 모를 일입니다. 저는 이 부분에서 그가 참 안타까웠습니다. 앞날이 창창했던 한 여성 화가의 활화산 같던 예술혼이 관습의 이데올로기 속에서 처절하게 무너져버렸기 때문입니다. 그는 너무 일찍 피어 꺾여버린 꽃이었습니다.

그는 진취적 사고를 가진 엘리트로 하루를 1분도 허투루 보낸 적 없다고 했습니다. 만삭의 몸으로 개인전을 열 정도로 열정적인 삶을 살았습니다. 가사를 소홀히 하고 그림을 그린 적이 없었으며 결코 비단옷을 걸치지도 않았다고 고백했습니다. 불합리한 사회 제도에 저항하며 매 순간 최선을 다한 그였습니다. 남자의 종속물이기를 거부했던, 자신을 불살라 후대 여성들에게 도전할 수 있는 용기를 준 여성운동 선각자였습니다. 우리의 여성운동은 나혜석을 디딤돌로 삼은 게 아닐까요?

그가 쓴 단편소설 「경희」는 이광수의 『무정』에 버금갈 정도로 각광을 받았습니다. 그는 이 소설에서 여성에게는 현모양처를 요구하면서도 자신들은 현부양부賢父良夫를 실천하지 않는 남성들을 비판했습니다. 그러곤 후실을 들여 몇 집 살림을 하면서도 여성에게만 정조를 강요하는 남성들에게 이렇게 일갈합니다. "조선의 남성들아, 그대들은 인형을 원하는가?"라고 말입니다. 사회 통념에 대한 그의 저항은 결코 무리가 아니라고 봅니다. 「신생활에 들면서」라는 글에서는 자식들에 대한 절절한 그리움을 이렇게 토해내기도 했습니다.

"4남매 아이들아, 에미를 원망치 말고 사회제도와 도덕과 법률과 인습을 원망하라. 네 에미는 과도기에 선각자로 그 운명의 줄에 희생된 자이었더니라. 후일 외교관이 되어 파리에 오거든 네 에미의 묘를 찾아 꽃 한 송이 꽂아다오."

불가에서는 삶을 고해苦海라고 합니다. 그의 삶은 끝없는 고해였습니다. 세상에서 버림받은 그는 그림 공부를 하러 다시 파리에 가려고 했던 듯합니다. 하지만 안타깝게도 그는 꿈을 이루지 못하고 행려병자로 거리를 떠돌았습니다. 마지막 순간까지 평생 만날 수 없었던 자식들을 그리워하며 한 많은 생을 마감했습니다. 은행총재와 대학 교수가 된 아들들은 끝까지 자신들이 그의 자식임을 밝히는 걸 꺼려했습니다.(나혜석이 죽은 후에는 달라졌지만.) 나혜석을 버린 가족들은 오늘날 어떤 생각을 하고 있을까요?

싸르륵 내리던 눈이 함박눈으로 변했습니다. 절간의 지붕 위에도 수덕여관 마당에도 온통 흰 눈의 향연이 아름답습니다. 거리에서 쓰러진 나혜석의 머리 위에도 진눈깨비가 쌓이고 또 쌓였을 것입니다. 그가 머물렀던 이 수덕여관에 빨간 장미 한 다발 바치며 그의 넋을 위로해봅니다.

노을처럼

　　　　　　　　　50년 넘게 시어머님이 지내던 제사를 모셔왔다. 평소 제사에 대해 별 거부감이 없는 나는 아무렇지도 않은데 정작 주위 사람들이 걱정을 한다. 제사가 하나도 아니고 셋이나 되는 데다 설과 추석에 차례까지 지내야 하니 얼마나 힘들겠냐고. 하지만 나는 오히려 마음이 가벼워졌다. 명절이면 교통체증으로 인한 명절 증후군을 이제는 조금 덜 수 있으리라는 얄팍한 계산도 한몫했을 터이다.

　30여 년 전, 설 귀성길에 무려 열일곱 시간을 화장실도 가지 못한 채 태어난 지 세 달밖에 안 된 딸아이를 안고 시댁으로 갔던 일은 지금도 악몽처럼 남아 있다. 창밖에는 살을 에는 추위에 눈까지 내리고 있었다. 도로가 주차장처럼 꽉 막힌 데다 휴게소도 아수라장이라 들어갈 수가 없었다. 요즘처럼 휴게소가 많은 것도 아니었고, 화장실 또한 잘 정비되지 않아 길가에 차를 세워놓고 대충 볼일을 보게 하던 시절이었다.

멀미를 하는지 딸아이는 자지러지게 울어대고, 세 살짜리 아들도 차 안이 답답한지 칭얼거리고……. 요즘 같았으면 승객들이 짜증을 낼 법도 했겠지만 회사 귀성버스에 동승했던 직원 가족들은 누구도 인상을 찌푸리는 사람이 없었다. 오히려 아기가 어디 아픈가 걱정을 하며 어린 나를 위로해주었다.

어머니는 내심 허전한 눈치였다. 외며느리로 평생을 신앙처럼 붙들고 있던 제사를 물려주는 심정이 어찌 평상심 같았을까. 결혼을 하고 처음 제사를 지낼 때, 아버님과 장손인 남편의 그 엄숙한 모습은 제사가 없는 집에서 자란 나에겐 신선한 충격이었다. 숨이 막힐 듯, 그 범접할 수 없는 카리스마라니. 남편에게 그런 이면이 있었다는 게 놀라운 일이었다. 한학을 하는 할아버지와 한 방에서 자면서 할아버지가 붓으로 써서 방문에 붙여놓은 한자를 읽고 쓰며 공부했다는 그는 확실히 보통의 우리 또래들보다는 한문을 많이 알고 있었다. 어린 손자가 붙여놓은 한자를 다 익히면 그걸 떼어내고 다시 다른 글자를 써서 붙여놓았다는 할아버지는 자신만의 방법으로 그렇게 가문을 이어갈 장손을 교육시켰다.

"너무 격식에 얽매일 필요는 없다. 찬물 한 그릇을 떠놓아도 정성스레 지내면 되는 기라."

일 년에 일곱 번이나 기제사를 지내던 어머니는 며느리 힘들다며 세 번만 지낼 수 있게 제사를 합쳐 나에게 물려주었다. 그러고는 그동안 당신이 했던 복잡한 격식들을 간소하게 하라며 신신당부를 하셨다.

"할머니, 저도 제사 지낼 테니 걱정 마세요. 제가 좋아하는 피자나 치킨 차리면 돼요. 조상님들도 새로운 음식 먹어봐야지, 항상 같은 것만 드시면 싫증나잖아요."

요즘은 '피동치서(피자는 동쪽, 치킨은 서쪽)'가 대세라며 아들이 할머니께 농을 쳤다. 하기야 세월이 지나면 홍동백서니 좌포우혜니 하는 말들은 역사책에서나 배우는 옛이야기가 될지도 모를 일이다.

세상은 급격히 변해 가는데 어떻게 예전의 전통을 다 고수할 수가 있겠는가? 지역과 가문마다 제사 지내는 방법이 다르고 제사상에 올리는 제수도 다른데 풍습이 변하는 건 당연한 일이 아닐까. 퇴계 이황의 종가에서도 수백 년 동안 자정을 지나서 지내던 불천위不遷位 제사를 문중운영위원회에서 오후 6시에 지내기로 결정했다니 말이다. 핵가족 시대인 요즈음에 굳이 아들이 지내라는 법도 없을 것 같다. 율곡도 외할머니로부터 기와집을 물려받고 외가의 제사를 지내며 외손봉사를 했다니 말이다.

추석 다음 날, 집으로 돌아오는 길이었다. 대전을 막 지났을 때 어머님이 전화를 하셨다. 가방 속에 뭘 하나 넣어놓았으니 잘 챙기라며 서둘러 전화를 끊으셨다. 혹시나 내가 안 받는다고 할까 봐 몰래 가방 제일 아래에 두툼한 봉투 하나를 넣어둔 것이다.

"경수 엄마야, 너한테 무거운 큰일을 지게 하는구나. 적지
만 무엇이든지 사는 데 보태 쓰거라."

꾹꾹 눌러쓴 메모가 어머니의 마음인 양 따뜻했다. 늦은 나이에 대학원 공부를 하는 며느리에게 등록금에 보태라며 통장에 입금을 해놓고도 아무 말씀을 안 하신 바람에 한참이 지난 후에야 발견하고는 안절부절못했던 일도 스쳐갔다.

어머니는 외로우셨던 거다. 나와 함께 제수 음식을 만들 때면 남편이나 아들에게는 할 수 없었던 지난날의 애환을 줄줄이

풀어놓으셨다. 외동아들인 아버님이 안 가도 될 군대를 친구 따라 엉겁결에 가버리는 바람에 남편도 없이 아들을 낳았던 이야기부터, 연탄불에 엄청난 양의 생선을 구우면서 꾸벅꾸벅 졸았던 일까지……. 어머닌 나에게 그런 얘기를 하면서 가슴속에 응어리진 한들을 조금씩 풀어내고 있었는지도 모를 일이었다.

아들 둘을 낳고 세 번째로 딸을 낳았을 때 시할머니가 아들을 못 낳았다며 구박을 했던 얘기는 어머니의 넋두리 중 압권이었다. 정작 시할머니 당신은 자식을 못 낳아서 양자를 들였으니 말이다. 그러다가 삼신할머니가 시샘을 한 것인지 마흔 즈음에 겨우 아들 하나를 두었는데 그 유세가 대단했단다. 아들이 군대에서 며느리에게 보낸 편지조차 내용을 알고 싶어 했다는 시할머니 흉을 보면서 우린 서로 맞장구를 치며 웃기도 했다.

어머니에게 제사는 하나의 신앙이었다. 농사를 짓는 집도 아니라서 정신을 온통 제사에만 쏟고 있던 어머니가 그 끈을 놓아버리고 넓은 집에 홀로 남아 어떻게 그 외로움을 견디실지……. 자동차가 서울에 도착할 때까지 나는 어머니가 준 그 봉투를 내내 만지작거리고 있었다. 어머니의 그 깊은 배려가 노을처럼 서서히 내 가슴을 적시고 있었다.

꽃잎처럼 나빌레라

　　　　　　　이것은 신의 뜻일까? 붉은 비단옷에 화려한 치장을 한 가마 위의 저 어린 소녀. 이마엔 제3의 눈인 '티카'를 붙이고 있다. 그 앞에 꽃과 돈을 바치며 환호하는 수많은 사람들. 소녀의 발 위로 무릎을 꿇은 네팔 대통령이 입을 맞추고 있다. 영문을 모르는 듯 무표정하게 앉아 있는 소녀의 눈빛이 애처롭다. 저 아이는 앞으로 펼쳐질 자신의 운명을 알기나 할까?

　신과 사원의 나라 네팔. 그곳에서 국왕보다 더 추앙받는 사람이 있다. 살아 있는 여신 '쿠마리'로 네팔에서 가장 지위가 높은 신이다. 사람들은 그를 고대 힌두교 여신 '탈레주'의 환생으로 믿으며 초교파적으로 추앙한다. 그만큼 선발 과정도 까다릅다.

아버지는 석가모니 성인 샤카 씨 가문 출신이어야 하고 어머니는 힌두교 신자여야 한다. 그 사이에서 태어난 3세에서 6세 여자아이 중에서 뽑는다. 몸에 흉터가 없어야 하며 긴 속눈썹과 고운 피부, 사슴을 닮은 허벅지 등 32가지의 까다로운 조건을 갖춰야 한다. 쿠마리가 뭔지도 모르는 아이들은 자신의 의사와 상관없이 쿠마리 후보가 된다. 네팔에서 가장 큰 축제인 '다사인 축제' 때는 후보 중 한 명을 쿠마리로 추대한다.

악마를 상징하는 54마리의 염소와 들소 목을 잘라 제물로 바치는 다사인 축제. 쿠마리 후보가 된 소녀들은 이 동물들 머리가 놓여 있는 칠흑같이 어두운 방에서 하룻밤을 보내야 한다. 그 밤에 탈레주 여신이 몸에 들어온다고 믿기 때문이다. 놀라 소리를 지르거나 울어서도 안 된다. 그 참혹한 현장에서 소녀들은 밤새 얼마나 공포에 떨었을까?

그렇게 추대된 쿠마리는 수많은 사람들 숭배를 받으며 여신으로 살아간다. 하지만 부모와 떨어져 사원에서만 살아야 하고 학교에도 갈 수 없다. 발을 땅에 딛고 스스로 걸어 다녀서도 안 된다. 쿠마리 복장을 하고 있을 때는 슬픔이나 기쁨 같은 감정 표현을 하는 것도 금기 사항이다. 쿠마리는 그렇게 신의 굴레에 갇혀 구속된 영혼으로 살아가야 한다. 사람들은 쿠마리의 일거수일투족을 신의 계시로 여기기 때문이다.

쿠마리가 웃으면 질병이나 죽음을 암시하고 눈을 비비거나 눈물을 흘리면 죽음이 임박했다고 여긴다. 아무 표정이 없으면 자신들 소원을 들어준 것이라고 믿는 것이다. 그러니 쿠마리가 어떻게 감정 표현을 할 수 있겠는가. 쿠마리 제도는 네팔 네와르족의 오랜 전통이다.

네팔은 30개가 넘는 소수민족이 저마다의 언어와 문화로 살아간다. 그러다 보니 과거에는 불교와 힌두교의 종교 갈등으로 수많은 사람들이 희생되었다. 그런데 쿠마리 제도를 시행하면서부터 갈등이 해소되었다며 분쟁 해소를 쿠마리의 힘이라 믿는다 한다.

외부인과 말을 하는 것도 금지되고 일 년에 몇 번 있는 축제 때 외에는 외출도 못 하는 저 어린 쿠마리. 그런데도 네팔에서는 쿠마리로 추대되는 걸 가문의 영광으로 여긴다니, 그들은 개인의 행복보다 종교적 희생을 더 가치 있는 일이라 생각하는 것일까?

매년 9월, 인드라자트라 축제가 시작되면 삶에 지친 사람들은 쿠마리의 축복을 받기 위해 전국에서 몰려든다. 쿠마리가 자신들을 지켜준다고 믿기 때문이다. 꽃가마를 타고 군중 속으로 파고든 쿠마리는 열광하는 수많은 사람들에게 꽃잎을 나눠주며 거리를 행진한다. 한창 천진난만하게 뛰어놀아야 할 아이에게 쿠마리라는 멍에를 씌워놓고 자신의 행복을 기원하는 사람들. 저들은 과연 쿠마리로 인해 구원을 받았을까? 그들의 환호 뒤에 숨겨진 쿠마리의 슬픈 운명을 생각이나 해보았을까? 다수의 행복을 빌미로 한 소녀의 삶을 희생시키는 이 제도가 전통 문화를 빙자한 인간의 이기심은 아닌지? 아니, 쿠마리를 희생의 산물로 바라보는 내 생각이 어쩜 다른 나라 문화를 부정하는 처사인지도 모르겠다.

자유를 유린당한 채 외부와 단절된 삶을 살던 어린 쿠마리는 초경이 시작되면 자격을 잃고 사원에서 내쫓김을 당한다. 피를 불결하게 여기는 네팔 사람들 관습 때문이다. 지위를 박탈당한 쿠마리에겐 불길한 기운이 씌어 집안이 망한다는 속설 때문에 집으로 돌아갈 수도 없다. 남편이 비명횡사한다는 미신으로 아무도 청혼을 하지 않으니 결혼도 못 한다. 하루아침에 여신에서 천덕꾸러기로 추락하는 것이다. 그러다 보니 아물지 않은 기억들을 보듬으며 한평생을 창녀촌에서 비참하게 살아가는 쿠마리도 있다.

네팔에는 카트만두에 있는 로열(왕실) 쿠마리 외에 각 지역에 열 명의 쿠마리가 더 있다. 최근 들어 유엔의 인권 침해 비판으로 천 년 이상 지속되어 온 쿠마리의 삶도 조금씩 변하고 있다니 그나마 다행이다. 은퇴한 쿠마리에게 연금도 지급한다니 말이다. 개인 교사가 쿠마리 사원에 가서 교육을 시키는 곳도 있고, 학교에 가는 것을 허용하는 곳도 있다고 한다.

2018년 2월, 파탄에서는 다섯 살짜리 '니히라 바지라차리야'가 새로운 쿠마리로 추대되었다. 이 아이도 초경을 시작하기 전까지는 살아 있는 여신으로 숭배를 받게 될 터이다. 잔뜩 겁먹은 표정으로 쿠마리 의식을 치르던 소녀 모습이 슬프게만 보였던 건 나만의 느낌일까?

살아 있는 이에게 행복을 주고 자신은 나락으로 떨어져버리는 저 어린 쿠마리. 쿠마리 제도를 종교를 위한 숭고한 희생으로 보아야 할까, 다수의 행복을 위해 어린 여자아이를 희생양으로 만드는 인간의 이기심으로 보아야 할까? 욕망을 거세당한 채 한 떨기 시든 꽃처럼 어린 시절을 보내야 하는 쿠마리가 내내 마음속에서 지워지지 않고 있다.

암호명 'H21'

1917년 10월 15일, 프랑스 파리 뱅센의 한 연병장 언덕 위. 검은색 긴 벨벳 코트에 검정색 실크 리본이 달린 멋스런 모자를 쓴 여인이 무심히 정면을 응시하고 있다. 맞은편엔 12명의 사수들이 그녀를 겨누고 있다. 몸이 묶이지도 않았다. 슬픈 표정도, 한 치의 흔들림도 없다. 사형집행관이 흰 보자기로 눈을 가리려 하자 그것마저 거부한다. 불과 몇 분 후면 형장의 이슬로 사라질 자신의 운명을 알면서도 여인은 어쩌면 그렇게 초연할 수 있었을까? 마침내 그녀는 스스로 입고 있던 코트를 벗어버린다.

"어서 쏴요. 그걸 들고 있는 것도 힘들지 않나요!"

"탕! 탕!"

집형관이 높이 쳐들었던 군도를 힘차게 내리자 12개의 총구가 일제히 불을 뿜었다. 권총을 든 장교 하나가 여인의 귀밑에서 방아쇠를 당겨 확인 사살을 한다. 늦잠을 즐기던 파리 시민들 중 일부는 달콤한 아침잠에 깊이 빠져 있던 시간이었다.

역사의 풍랑 속에 이중 스파이 혐의로 총살당한 비운의 여인, 그녀는 네덜란드의 매혹적인 무희 '마타하리'다. 유럽 사교계 최고 스타였던 그녀는 꽃잎이 지듯 그렇게 허망하게 사라져 버렸다.

마타하리는 정말 이중 스파이였을까? 역사의 소용돌이에 희생당한 욕망의 화신이었을까? 나비처럼 자유로운 삶을 꿈꿨던 그녀의 불꽃같은 일생이 애잔하다.

영화와 뮤지컬, 파울로 코엘료의 소설 『스파이』에서도 화려하게 부활했던 마타하리는 이번엔 국립극단의 발레로 또 한 번 관객들의 심금을 울렸다. 도대체 사람들은 왜 이렇게 그녀에게 열광하는 것일까?

이번에 공연한 국립발레단의 〈마타하리〉는 이중간첩과 팜므파탈의 이미지가 아닌 여성 해방과 자유를 갈망했던 무용수로서의 마타하리로 재해석했다. 화려한 무대 장치와 물랭 루주를 재현한 발레리나들의 현란한 춤과 음악. 그 속에서 눈부신 조명을 받으며 마타하리의 삶을 몸으로 그려내는 발레리나 김지영. 그녀는 일곱 겹의 옷을 하나하나 벗어던지며 관객들의 시선을 매혹시킨다. 100여 년 전 마타하리가 추었던 '사원의 춤'을 재현한 것이다. 사람 몸이 저렇게도 아름다울 수 있다니! 여기저기서 탄성이 터져 나왔다. 몸으로 표현하는 그녀의 호소 짙은 연기는 작년에 보았던 뮤지컬 〈마타하리〉에서 빙의된 듯 열연하던 배우 '차지연'과 오버랩되며 나를 황홀경에 빠져들게 했다.

네덜란드의 사업가인 아버지와 자바인 어머니 사이에서 태어난 마타하리는 아버지 사업 파산과 어머니 죽음으로 곤궁에 처하게 된다. 생활이 궁핍했던 그녀는 신문에 난 구혼 광고를 보고 자신보다 스물두 살이나 많은 장교와 결혼을 한다. 열아홉 살 때였다. 하지만 그녀는 남편의 폭력과 감시를 견디지 못하고 이혼을 하게 된다.

이혼 후 댄서가 되어 유럽 전역을 돌아다니던 마타하리는 파리 최고 클럽인 '물랭 루주'에 안착하게 된다. 그곳은 치열한 삶의 현장이자 그녀가 추구했던 무용수의 꿈을 펼칠 장소이기도 했다. 관능적이고 도발적인 춤으로 삽시간에 사교계의 꽃이 된 그녀는 프랑스 군부와 정·재계 인사 등 유럽 최고의 권력자들과 교류하며 화려하게 피어났다. 독일어와 프랑스어, 영어와 스페인어를 자유롭게 구사하던 재원이기도 했다.

제1차 세계대전이 발발했을 때, 독일 영사 크라머는 그녀에게 접근해 프랑스 군부 기밀을 알아오라는 제안을 한다. 프랑스 역시 그녀에게 프랑스의 스파이로 활동하라는 역제안을 한다. 마타하리는 프랑스에 100만 프랑이라는 거액을 요구한다. 일개 첩보원에게 그런 거액을 주기를 거부한 프랑스 정부는 그녀를 간첩 혐의로 체포해 생 라자르 교도소에 수감시킨다. 마타하리는 암호명 'H21'로 활동하는 독일 스파이이며, 그녀가 독일에 팔아넘긴 군사 기밀은 프랑스 군사 5만 명을 희생시킨 정보였다며.

당시 프랑스는 잇따른 군사적 패배로 불리한 전세에 있었다. 그에 대한 책임을 지울 희생양이 필요했던 것이다. 한갓 댄서에 불과했던 마타하리는 프랑스가 이용하기 딱 좋았던 먹잇감이 아니었을까? 마타하리를 처형함으로써 국민들 원성을 잠재우고 그녀와 얽혔던 장교들 추문까지도 한꺼번에 덮을 수 있었으니 말이다.

마침내 프랑스 법원은 "마타하리는 독일인에게 우리 군인들의 머리를 갖다 바치는 것이 유일한 목표였던 살로메"라며 그녀에게 사형을 선고한다. 일개 무용수에 불과했던 마타하리를 자신들 치부를 덮는 도구로 이용했던 그들의 비열함, 이런 일이 어디 마타하리에게만 해당되었던 일이었을까?

불우한 어린 시절과 불행했던 결혼 생활, 댄서로 사교계에 데뷔했으나 연인의 배신으로 방황했던 마타하리. 화려한 장미였다가 절해고도로 추락해버린 그녀가 신분이 높은 귀족이었거나 남자였다면 그렇게 허망하게 죽임을 당했을까? 댄서라는 낮은 신분과 여자라는 불리한 조건이 그녀를 희생양으로 만든건 아니었을까?

그녀의 시신은 아무도 수습해줄 사람이 없어 몸은 해부용으로 기증되었고 머리는 해부학 박물관에 한동안 보관되었다. 하지만 그것마저 누군가에게 도둑을 맞은 듯하다고 한다.

1999년, 영국 정부가 공개한 '마타하리 보고서'에는 그녀가 프랑스 군사 정보를 독일에 넘겼다는 어떤 증거도 없었다고 발표했다. 마타하리가 처형된 후 30여 년이 지난 1947년, 마타하리에게 사형 선고를 내렸던 책임자 '앙드레 모르네' 검사 역시 기자이자 작가인 '폴기마르'에게 이렇게 고백했다고 한다.

"우리끼리 하는 얘기지만 우리가 마타하리에 대해 확보한 증거는 고양이 한 마리 벌 줄 만큼도 되지 못한다."

해 저물녘 그 비탈길에서

　　　　　　　　현관문을 열자 집 안은 깊은 정적에 빠
져 있었다.

"할아버지~."

　J는 최대한 목소리를 낮춰 자신의 방문을 알린다. 인기척이
없다. 다시 할아버지를 부르는 대신 조심스레 방문을 연다. 후
텁지근한 공기가 확 다가왔다. 방 한편에 있는 밥상 위에는 자
원봉사자가 가져다준 도시락이 손도 안 댄 채 그대로 있고, 옆
으로는 약봉지가 수북했다.

　내가 방문 간호사인 J와 동행한 건 단편소설을 쓰기 위한 취

재 때문이었다. J의 직무는 기초생활보장수급자와 독거노인, 만성 질환자, 장애인 등 취약 계층 사람들의 건강을 체크하고 이상이 있는 사람은 적절한 치료를 받을 수 있도록 안내하는 일이다. 오늘 J가 가야 할 곳은 마을버스가 유일한 교통수단인 산비탈의 영구 임대아파트와 낡고 허름한 집들이 즐비한 달동네다.

"끙."

미동도 않고 누워 있던 노인이 가까스로 돌아누웠다. 앙상한 등이 새우처럼 굽어 있다. 목덜미에서는 식은땀이 흐르고 있었다. 젊은 시절, 학원을 운영했다던 할아버지가 기초생활수급자가 되어 이 동네로 온 건 7년 전이라고 했다.

"할아버지, 어디 불편하세요?"

순간 노인의 눈가에 설핏 물기가 비치는 듯하더니 갑자기 어깨를 들썩이기 시작했다. 당황한 J가 안절부절못하는 사이 노인은 애써 마음을 추스르는 듯했으나 한참이 지나도록 울음을 그치질 못했다. 눈물도 없는 마른 울음이었다. 깡말라 굴곡진 얼굴에선 골수처럼 진한 외로움이 일렁이고 있었다.

누군가를 기다리는 것일까? 할아버지는 벽에 비스듬히 몸을 기댄 채 초점 없는 눈으로 물끄러미 허공을 바라보고 있다. 맞은편 벽에 걸린 액자 속에선 젊은 시절의 할아버지가 아내와 함께 학사모를 쓴 아들과 활짝 웃고 있었다. 노후에 이런 삭풍을 맞으리란 걸 할아버지는 꿈에라도 생각했을까? J는 여느 때처럼 할아버지의 혈압과 혈당을 체크한다. 약을 제때 챙겨 먹지 않았는지 보름 전보다 혈압이 더 높아졌다고 했다. 우울증과 고혈압으로 집중 관리 대상인 할아버지는 우리가 집을 나올 때까지 단 한 마디도 하지 않았다.

두 번째로 방문한 곳은 정신질환을 앓고 있는 딸을 멍에처럼 달고 사는 할머니 집이다. 바람에 쓸려온 나뭇잎들로 집은 폐가를 방불케 했다. 관절염과 당뇨로 거동이 불편한 할머니는 자기 몸이 서서히 망가져 가는 걸 알면서도 딸을 껴안고 살 수밖에 없다.

결혼을 앞두고 오랜 연인으로부터 파혼당한 딸은 아직도 과거의 삶에 정지된 채 살고 있다고 했다. 그녀의 사랑은 아직도 현재진행형이다. 선반 위에는 혼수품으로 장만했던 전기밥솥과 옥돌장판이 골동품이 된 채 오도카니 늙어가고 있었다. 되돌릴 수 없는 지난날의 기억들. 채 피지도 못하고 시들어버린 딸의 얄궂은 운명 앞에 할머니의 심정은 얼마나 아렸을까? 병든 딸 때문에 가족들과도 소원해졌다는 할머니는 파란의 세월을 견뎌낸 사람답지 않게 얼굴이 평온하다. 증세가 점점 심해져가는 딸을 언젠가는 정신병원으로 보내야 한다며 쓴웃음을 짓던 할머니의 야윈 어깨가 유난히 쓸쓸해 보였다.

J가 관리하는 대상자들은 저마다의 사연을 가진 채 힘든 삶을 견뎌내고 있었다. 잘못 걸려온 전화도 반갑다는 임대아파트의 장애인 아저씨, 잠을 잘 때도 119를 호출하는 버튼 달린 목걸이를 걸고 잔다는 할머니, 아무도 없을 때 혼자서 죽음을 맞이할까 그게 가장 두렵다는 할아버지도 있었다. 하지만 그곳에서도 가느다란 희망의 꽃은 피고 있었다. 비가 오나 눈이 오나 변함없이 노점상을 지키며 아들의 대학 등록금을 예비하는 한 늙은 어머니의 이야기에서는 애잔함이 묻어났다. 그에게는 추위와 허기를 견디는 일이 일상이 된 것 같았다.

달동네 사람들이 가장 힘들어하는 건 지옥 같은 외로움과 마주하는 일이다. 마지막 희망과도 같은 방문 간호사에게 구구절절 자신의 이야기를 풀어놓던 사람들. 그들이 겪는 외로움의 깊이를 어찌 내가 알기나 하겠는가. 말이 고픈 이들의 이야기를 묵묵히 들어주며 맞장구 쳐주던 J는 다음 방문지로 갈 때는 어김없이 발걸음이 급해졌다. 산다는 건 외로움을 견디며 하루

하루를 버티는 것이 아닐까? 그 하루들이 모여 생의 지도를 그려나갈 것이니 말이다.

가파른 언덕배기에 고립된 섬처럼 떠 있는 마을. 삶의 애환들이 부유하는 먼지처럼 끊임없이 들고났던 이곳은 도심에서 밀려난 사람들의 마지막 종착역일지도 모른다. 얼마나 많은 사연이 이 마을을 스쳐갔을까? 굴곡진 삶의 고비마다 가슴 깊은 곳으로 숨어들었던 설움을 남의 이야기하듯 쏟아내던 사람들. 그들에게도 희망을 키워가던 과거가 있었을 것이다. 낡은 기억 속에서 차츰 그 빛을 잃어가고 있을 뿐…….

소임을 다한 붉은 노을이 산 너머로 서서히 지고 있다. 출구를 찾지 못한 바람이 웽웽거리는 사이 그들의 짠한 이야기는 꽃이 되어 피었다가 다시 시들어간다. 초겨울을 흔드는 매서운 바람이 한 줄기 지나갔다. 까마득히 내려다보이는 화려한 도시의 불빛들을 바라보며 터벅터벅 비탈길을 내려왔다.

봄을 기다리며

긴 겨울 지나고 남녘 지방에선 홍매가 피었다는 소식이다. 겨우내 언 땅을 비집고 힘겹게 고개를 드는 새싹들의 아우성이 들리는 듯하다. 유난히 혹독했던 지난겨울도 봄의 전령사 앞에선 슬쩍 꼬리를 내린다. 소록소록 소리 없이 봄이 오고 있다. 내가 기다리는 그분도 봄과 함께 함박웃음 지으며 나타날 터이다.

아파트 앞 횡단보도를 건널 때면 습관처럼 편의점 옆 빈 공터에 눈길이 머문다. 상추나 애호박 등 자잘한 푸성귀를 팔던 할머니가 몇 달째 보이지 않기 때문이다. 할머니가 앉았던 자리엔 바람만 횡하니 을씨년스럽다. 한겨울에는 할머니가 장사를 하지 않는다는 것을 알면서도 나는 괜히 할머니 안부가 궁금해 그곳을 기웃거린다.

"새댁, 봄나물 나왔어. 가져가서 된장찌개 한번 끓여봐요."

할머니를 알게 된 건 7, 8년 전 어느 봄이었다. 갑자기 찾아온 꽃샘추위에 종종걸음으로 막 횡단보도를 건너려 할 때였다. '새댁?' 주위를 둘러보았지만 지나가는 사람은 나밖에 없었다. 아이들이 대학생이었던 나는 괜히 기분이 좋아져서 할머니 좌판 앞에 쪼그리고 앉게 되었다. 대형 마트나 동네 슈퍼에서 파는 채소들에 익숙해 있던 터라 노점에는 별 관심 없이 살던 때였다. 그런데 '새댁'이란 그 정겨운 말에 나는 노점상 할머니 단골이 되었다.

할머니가 파는 채소는 계절에 따라 대여섯 가지가 전부다. 그런데 그 채소들을 어찌나 정갈하게 다듬어서 파시던지……. 열무는 열병식을 하는 군인들처럼 가지런히 줄을 맞춰놓았고 냉이는 뿌리까지 하얗게 다듬어서 소복이 쌓아두었다. 어린 상추는 또 얼마나 싱싱하고 부드러운지 마트에서 파는 것들과는 비교가 되지 않았다. 그 후로 나는 자주 할머니 좌판을 찾았다. 식구가 많지 않으니 조금만 달라는 나와 듬뿍듬뿍 덤을 주려는 할머니 큰 손이 서로 실랑이를 벌이기도 했다.

할머니는 횡단보도 바로 앞 H아파트에 사신다. 아침이면 할아버지는 할머니가 그날 팔 채소들을 좌판에다 가져다놓고, 할머니는 이른 점심때쯤 나와서 그 채소들을 다 팔고는 집으로 돌아가신다. 장사를 마치고 큰 고무 함지박과 소쿠리들을 챙겨서 앞장서서 걷는 할아버지와 그 뒤를 천천히 따라가는 할머니의 뒷모습이 맑은 수채화처럼 잔잔했다. 부부가 아름답게 늙어간다는 건 저런 모습이 아닐까?

"할머니, 저래 좋은 아파트에 살면서 이젠 좀 쉬시지 그러세요?"
"집에서 놀면 뭐 해. 움직일 수 있는 데까진 움직여야지!"

자식들 공부시키느라 동동거리던 젊은 시절보다 할아버지와 단출하게 사는 지금이 정말 편하시다는 할머니. 국민연금과 자신이 버는 돈만으로도 두 내외가 쓰고도 남는다며 며느리 생일 땐 축하금도 듬뿍 주었다며 활짝 웃으셨다.

오전엔 청소년 수련관에 가서 수영을 하고, 일요일이면 장사를 접고 할아버지와 교회에 가서 기도를 하신다는 할머니. 누가 노년을 쓸쓸하다 했을까? 자식에게 기대지 않고 당당하게 살아가는 두 분의 삶이 참 포근하게 다가왔다. 그래서일까.

할머니 얼굴은 고난의 그림자라곤 하나 없이 언제나 밝고 온화하다.

작년 5월에는 며칠 동안 안 보이기에 어디가 편찮으셨나 했는데 아들, 딸, 손자들과 일본 여행을 다녀왔다고 했다. 꽃구경도 하고 유명 온천에서 목욕도 했다고 얘기하며 얼굴이 화사하게 피어났다. 그 말을 듣는 나에게도 그 기운이 전해져 오는 것 같았다.

봄은 남도의 끝자락에서부터 온다. 4월이 되면 워커힐 뒤쪽 벚꽃 길에는 뾰로통하게 입술을 앙다문 벚나무의 탐스런 꽃망울들이 앞다투어 피어날 터이다. 할머니는 봄나물들을 수북이 쌓아놓고 손님을 기다릴 것이고, 나는 할머니에게서 산 냉이와 달래로 구수한 된장찌개를 끓일 터이다. 할머니의 지난겨울 이야기도 아지랑이처럼 모락모락 피어오를 것이다.

자유로의 갈망

미국 오클라호마대학 한 연구팀이 동물의 지능 한계를 알아보는 실험을 했다. 침팬지 '와슈'에게 손짓 발짓으로 자신의 의사를 표현하는 '사인 랭귀지sign language(지화법)' 방법이다. 서아프리카에서 태어난 와슈는 미국 공군에 의해 교육 목적으로 포획됐는데 교육을 하는 동안 연구자 비트릭스 가드너는 그 침팬지를 인간의 아이처럼 애지중지 키웠다. 종종 예쁜 옷을 입히고 식탁에 같이 앉아 맛있는 식사를 하는 등 정성을 다해 최고의 대우를 해주었다. 거실과 주방이 있는 집도 만들어주고 소파와 옷장, 냉장고, 침대까지 갖추어주었다. 와슈는 옷 입는 법, 머리 빗는 법, 장난감 가지고 노는 법, 책 보는 법, 이 닦는 법도 알게 되었다.

갖은 노력 끝에 실험이 성공하여 와슈가 350여 개의 단어를 습득하게 된 후, 자신의 생각을 스스로 표현하게 했더니 제일 먼저 한 말이 "Let me out!"이었다.

"나를 놓아달라!"

동물이라고 왜 자유를 갈망하는 마음이 없겠는가? 이 침팬지에게는 맛있는 음식도 편안한 잠자리도 아무 소용이 없었다. 그에게 있어 그런 환경은 그저 감옥에 불과할 뿐, 그곳을 탈출해 정글 속에서 자유롭게 살고 싶은 게 간절한 바람이었다.

동물도 이럴진대 하물며 영어의 몸이 된 인간이야 오죽할까? 얼마 전에 읽었던 소설 『웨이 백』은 소련의 악명 높은 시베리아 수용소를 탈출하여 11개월 동안 장장 6,500km를 걸어가 자유를 찾은 사람들 이야기다. 저자인 '슬라보미르 라비치'가 겪은 실화를 바탕으로 했다.

날렵하고 말쑥한 스물네 살 폴란드 기갑부대 중위였던 슬라보미르 라비치는 간첩 누명을 쓰고 NKVD(스탈린 치하 비밀경찰)에 체포되었다. 갖은 고문을 당하며 강제노동 25년형을 선고받고 시베리아 강제수용소에 갇히게 된 슬라보미르 라비치. 수용소 생활은 그 비참함이 상상을 초월한다. 그는 고통과 수

모 속에 신음하는 한 마리 짐승이나 다를 바 없었다. 살인적인 추위와 비인간적인 대우, 교도관들은 죄수들 탈옥을 방지할 목적으로 단추도 끈도 달려 있지 않은 바지를 지급한다. 바지를 손으로 잡고 있지 않으면 저절로 내려가게 하기 위해 그들이 고안한 물건이었다.

'자유가 없다면 살아 있을 이유도 없다!'

눈보라가 몰아치는 영하 40도의 밤. 고통과 좌절 속에 희망 없는 생활을 하던 슬라보미르 라비치는 사령관 부인의 도움으로 여섯 명의 죄수와 함께 생사를 건 탈출을 감행한다. 그러나 그들을 기다리는 건 살을 파고드는 시베리아 추위와 배고픔이라는 고통뿐이었다. 하지만 자유에 대한 무한한 갈망은 그들을 변변한 무기나 준비물 없이도 고비사막을 건너고 히말라야를 넘게 했다.

지옥보다 더 고통스러운 고비사막 폭염, 그들은 고비사막의 무서움을 몰랐다. 불타는 모래는 해진 모카신의 얇은 밑창을 뚫고 발을 처참한 지경으로 만들기도 했지만 그들은 목숨을 건 처절한 사투를 멈출 수 없었다. 러시아, 몽골, 티베트를 거치는 11개월 동안 추위와 굶주림 속에서 같이 탈출한 동료들이 죽어

나갔다. 모든 것을 포기하고 그 자리에서 죽고 싶은 마음이 몸을 유혹했다.

하지만 그들은 진흙물과, 사막에서 본 유일한 생명체인 뱀을 잡아 연명하며 걷고 또 걸었다. 마침내 그들이 긴 고통의 여정을 끝내고 당시 영국령이었던 인도에 도착하여 자유의 몸이 되었을 때 탈옥에 성공한 사람은 네 명뿐이었다.

무엇이 그들에게 그 지옥 같은 탈출을 감행하게 한 것일까?

"나는 이 책이 자유를 위해 살고 죽은 모든 이들을 기억하게 하고 목청 높여 말하지 못하는 많은 이들을 대신하길 소망한다"라는 저자 슬라보미르 라비츠의 말처럼 그들이 추구했던 건 신이 인간에게 준 가장 소중한 가치인 자유가 아니었을까? 이 소설은 2011년 영화로도 만들어져 애호가들의 각광을 받았다.

인간의 역사는 자유를 향한 투쟁의 역사다. 억압받는 사람들의 자유를 향한 외침이다. '티베트의 자유'를 요구하며 분신하는 티베트의 젊은이들, 시리아 국민들의 민주주의를 향한 극한투쟁, 4·19 때 우리 젊은이들의 피 흘림, 목숨을 걸고 남한으로 내려온 탈북자들. 이 모든 것은 자유라는 종착역을 쟁취하기 위한 몸부림이 아닐까?

종교개혁과 르네상스도 알고 보면 결국은 자유를 찾아가는 과정이 아니었을까? 종교개혁은 신앙의 자유를, 르네상스는 예술에서의 자유를.

＊

영화 <벤허>에서 유다 벤허의 멘토로 나오는
모건 프리먼은 자꾸 과거를 되돌아보는 유다에게 이렇게 말한다.
"뒤돌아보지 마, 유다. 네 삶은 앞에 있어"라고.

나는 마음속으로 아들에게 말했다.
'그래, 이젠 네가 가고 싶은 길을 가는 거야. 앞만 보고 가'라고.

가슴이 뛰는 일

설레다

그가 건반 위에 두 손을 올려놓았을 때 공연장은 일시에 진공 상태가 되었다. 조금 전, 무대에 오르는 그를 향해 비명에 가까운 환호로 열광했던 2,500여 명 청중들이 일시에 숨을 죽였기 때문이다. 마치 블랙홀에 빠지기라도 한 듯이.

예술의 전당에서 열린 '제17회 쇼팽 국제 피아노 콩쿠르 우승자 갈라 콘서트'는 한국인 최초로 우승을 한 조성진과 2위에서 6위를 한 입상자 다섯 명이 본선 무대와 같은 감동을 재현하는 연주회였다. 2015년 11월 21일, 폴란드에서 열린 쇼팽 콩쿠르에서 갓 스무 살밖에 안 된 조성진이 우승했을 때 음악 애호가들은 경악했다. 나는 기대와 설렘으로 이 연주회를 기다려 왔다. 러시아 차이콥스키 콩쿠르, 벨기에 퀸 엘리자베스 콩쿠르와 함께 세계 3대 음악 콩쿠르 중 하나인 쇼팽 콩쿠르는 그중 가장 권위 있는 대회로 피아니스트들에겐 꿈의 무대이기도 하다.

마지막 연주자로 나선 조성진은 쇼팽의 〈녹턴 13번〉을 시작으로 〈환상곡 바단조〉와 〈폴로네이즈 6번 '영웅'〉을 연주했다. 청중들은 숨을 죽인 채 그의 손가락 하나하나에서 뿜어져 나오는 강렬한 터치에 몰입했다. 마치 세밀화를 그려 나가듯 섬세하게 시작한 그의 연주는 어느 순간 깊은 침잠에 빠지게 했고, 급기야는 폭풍처럼 전율을 일으키게 했다. 개구쟁이처럼 순수해 보이는 스물한 살 앳된 얼굴에서 어쩜 그렇게도 장엄하고 격정적인 광기가 쏟아져 나오던지. 영혼을 다 쏟아부은 듯 열정적인 테크닉과 건반을 완전히 장악한 그의 신들린 연주에 취한 관객들은 꿈을 꾸는 듯 몰입되었다. 애절함과 달콤함, 비장함과 엄숙함이 혼재된 다채로운 그의 연주는 그가 왜 쇼팽 콩쿠르 우승자가 될 수 있었는지 입증하고도 남았다.

결혼 후 나는, 겁도 없이 200만 원도 넘는 콘솔 피아노를 6개월 할부로 샀다. 백화점에 진열된 화려한 신제품 피아노의 유혹을 뿌리치지 못했기 때문이다. 뭐든지 배우고 싶은 게 있으면 하라는 남편의 배려도 한몫했을 것이다. 외벌이 남편 월수입이 상여금을 합쳐도 200만 원이 채 안 되던 시절이었다.

큰아이를 어린이집에 보낸 후 나는 아파트 상가에 있는 학원에서 피아노를 배웠다. 막 잠이 든 돌도 안 된 딸아이를 소파에 눕혀놓고 피아노를 치면 레슨 중간에 아이가 깨어 울기도 했다. 그런데도 나는 피아노를 치는 것이 왜 그렇게 즐거웠던지, 하늘을 날듯 행복감에 젖어들었다. 30대 초반, 참 꿈 많은 나이이기도 했다. 때 맞춰 조율을 하고, 수시로 수건에 기름을 묻혀 세심하게 닦아주고, 그렇게 피아노는 내 재산 목록 1호가 되었다.

체르니 30번을 마친 다음에는 집에서 개인 교습으로 재즈 피아노를 배웠다. 내가 치는 피아노에 맞춰 아이들이 춤추고 노래하는 장면을 상상하며 정말 열심히도 쳤던 것 같다. 육아에 지친 심신이 피아노를 치면서 새싹처럼 파릇파릇 살아나는 것 같았다.

하지만 몇 년 후 나는 새로 배우기 시작한 볼링에 빠져 피아노와는 서서히 멀어져 갔다. 아이들이 유치원에 가고 나면 총알같이 볼링장으로 출근하면서 피아노는 헤어진 옛 애인처럼 멀어져만 갔다. 대신 피아노는 아이 둘의 차지가 되었다. 놀이를 하다가도, 밥을 먹다가도 아이들은 장난감을 가지고 놀듯 수시로 피아노를 치며 놀았다. 청음聽音이 좋아서인지 아이들은 처음 듣는 노래도 쉬운 것은 몇 번만 연습하면 비슷하게 치기 시작했다.

큰아이가 초등학교에 가게 되어 각자의 방이 필요해 작은 방에 있던 피아노를 안방으로 옮기게 되면서 나는 그 피아노가 부담스러워지기 시작했다. 장롱과 침대 외에 다른 것들도 많은데 피아노까지 들여놓으니 숨이 막힐 듯했다. 그렇다고 거실에다 피아노를 두긴 싫었다. 그렇게 피아노는 나와 안방에서 동거하게 되었다.

딸아이가 고등학교 3학년이 되었을 때였다. 수시로 피아노를 치던 아이가 입시 부담 때문인지 피아노 앞에 앉는 시간이 점점 뜸해졌다. 집 안에서 나던 피아노 소리도 한동안 사라지게 되었다.

어느 날, 아파트 게시판에 '중고 피아노 삽니다'란 전단지가 붙어 있었다. 나는 귀신에라도 홀린 듯 아무 생각 없이 그만 피아노를 팔아버렸다. 중고상 아저씨는 나에게 85만 원을 주고는 한 시간도 안 돼 피아노를 가지고 갔다. 식구들이 직장과 학교로 간 뒤 나 혼자만 있을 때였다. 피아노가 사라진 공간이 어찌나 넓고 시원하게 보이던지 막혔던 가슴이 뻥 뚫리는 것 같았다.

하지만 학교에서 돌아온 딸아이는 어떻게 한 마디 상의도 없이 피아노를 팔 수 있냐며 펑펑 울었다. 어디 팔 게 없어서 아이들이 좋아하는 피아노를 팔았느냐는 남편의 핀잔도 실타래처럼 이어졌다. 이젠 고3이니 공부에 전념하고 대학에 가면 성

능 좋은 새 피아노를 사주겠다며 며칠을 싹싹 빌고서야 일단락
이 되었지만 그때 내가 왜 그랬는지 지금도 후회스럽다. 그 뒤
미국에서 대학을 다녔던 딸아이는 거기서 디지털 피아노를 샀
다고 했다.

피날레를 장식한 조성진의 연주가 끝나자 영웅 탄생에 열광
한 청중들은 기립 박수로 그의 연주에 화답했다. 그가 무대 뒤
편으로 사라진 뒤에도 앙코르를 기다리는 청중들의 박수는 그
칠 줄 몰랐다.

커튼콜로 그가 연주한 곡은 영화 〈피아니스트〉 배경 음악으
로 나에게도 익숙한 쇼팽의 〈녹턴 20번〉이었다. 조금 전의 그
광기는 다 어디로 사라지고 맑고 영롱한 음색의 감미로운 선율
이 흘러나왔다. 마치 겨울 들판에 홀로 남겨진 것 같은 쓸쓸함
과, 따뜻한 봄날처럼 몸이 나른해지는, 현실과 환상이 교차하는
듯한 애수 어린 연주가 이어졌다. 마치 꿈결처럼, 상처받은 영혼
을 어루만져주는 것도 같았다. 쇼팽이 피아노의 시인이라면 피
아노와 물아일체가 된 조성진은 위대한 피아노의 영웅이었다.

오케스트라를 다 지배할 듯 유려한 테크닉과 모든 것을 달관
한 거장의 모습처럼 초연한 그의 연주는 깊은 여운으로 오랫동
안 가슴에 남을 것 같다. 나는 뜬금없이 또 피아노를 사고 싶은
충동을 느꼈다.

가슴이 뛰는 일

　　　　　　　　무대 위에서 윤동주와 그의 고종사촌 송몽규가 차갑게 식어버린 밥을 욱여넣으며 몸부림을 치고 있다.

　　"몽규야! / 동주야! / 먹어야 한다. 먹고 버텨야 한다!"

　철창에 갇힌 채 서로 이름을 부르며 서서히 죽어가는 그들의 처절한 절규. 객석 여기저기서 눈물 훔치는 소리가 들린다. 일본인 의사가 놓은 정체 모를 주사를 맞고 고통스럽게 비틀거리는 윤동주. 그를 부축하는 송몽규. 흑인 연가 〈내 고향으로 날 보내주〉가 흐르는 가운데 주사 맞을 차례를 기다리며 서럽게 노래하는 조선인 죄수(?)들. 그들과는 아랑곳없이 후쿠오카 형무소 철장 너머에는 무심한 달이 유유히 떠오르고 있다.

예술의 전당 토월극장에서 공연하는 〈윤동주, 달을 쏘다〉는 윤동주 수필 「달을 쏘다」를 노래와 춤으로 풀어낸 뮤지컬이다. '재 교토 조선인 학생 민족주의 그룹 사건' 혐의로 투옥되었던 두 청년의 저항 정신을 시대의 비극과 함께 담아냈다. 공연을 보면서도 나는 계속 객석 뒤쪽으로 마음이 가 있었다. 공연이 시작되면 스태프들이 맨 뒷줄에 앉아 공연을 모니터 한다는 얘기를 들었기 때문이다.

대학원 문화예술경영학과에서 '공연경영'을 전공한 아들은 졸업 무렵이 되자 여러 회사에 지원서를 넣었다. 경기 불황으로 요즘처럼 직업 구하기가 어려운 때 좋은 직장은 언감생심, 취직만 된다면 전공과 관계없이 아무 곳이나 다행이란 생각이었다. 그런데 다행히도 문화예술 관련 기업 사무직에 합격하게 되었고, 이틀 후에는 뮤지컬 공연을 전문으로 하는 공기업 인턴에도 합격 통보를 받았다. 하지만 그때부터 고민이 깊어졌다. 당연히 조건이 좋은 사무직으로 가야겠지만 그동안 너무도 많은 시간을 뮤지컬에 심취해왔기에 갈등을 할 수밖에 없었다.

학부에서 경제학을 전공했던 아들은 문화부 기자가 되어 좋은 공연을 대중에게 널리 알리고 싶다며 신문방송학과 문예창작학을 함께 이수했다. 전공인 경제학과 달리 타 전공 과목들을 얼마나 즐겁게 공부했던지 '경제학과 별종'으로 소문이 나기도 했으니……

시간이 날 때마다 공연장을 수없이 들락거렸던 그는 셀 수 없이 많은 뮤지컬을 관람했다. 심지어 조승우와 조정석이 주연했던 〈헤드윅〉은 50번 이상을 보았다. 한 대기업의 공연 부문 패널과 뮤지컬 시상식의 일반인 심사위원으로도 활동했다. 방학 때는 뮤지컬의 본고장인 브로드웨이에 가서 매일 공연을 보고 분석 기사를 쓰기도 했다. 마치 망아의 세계에 빠져버린 구도자처럼 그는 그렇게 온 정신을 뮤지컬에 몰입하고 있는 것 같았다.

대학을 졸업할 무렵 공연기획사에 취직을 하려는 아들에게 나는 대학원에 가서 정식으로 공연 쪽 공부를 해보라고 권했다. 그러나 아들은 그 학과 경쟁률이 센 데다 자신은 학부에서 전공을 안 했기 때문에 불합격할지도 모른다며 시무룩해했다. 그런데 운이 좋았던지 합격과 함께 대학 연구실에 근무하며 대학원 공부를 마칠 수 있었다.

"엄마, 10년 후에 나는 뭐가 되어 있을까요?"

대학원 졸업 무렵, 막상 취직을 하려고 보니 아들은 자신이 가고 싶은 길과 객관화된 삶을 요구하는 현실 사이에서 무척 고민하고 있는 듯했다. 소위 말하는 안정된 직장, 거기에 따르는 보장된 임금과 복지 혜택을 누리며 살 것인가, 경제적 궁핍이 있을지라도 자신이 좋아하는 일을 하며 즐겁게 사는 삶을 선택할 것인가? 아들은 30대나 40대가 되어 자신이 그토록 원했던 뮤지컬 쪽을 뒤돌아볼까 봐 기업 사무직을 포기하겠다고 했다. 그러곤 이 예술단의 인턴이 되어 AD(조연출)로 일하고 있다. 나는 20대 그 눈부신 열정과 패기가 부러우면서도 가슴 한편에서는 알 수 없는 아쉬움이 안개처럼 피어올랐다. 평소에 서른 살이 되기까지는 뭐든지 하고 싶은 일을 해보라며 쿨한 척 얘기했던 게 가식이었음을 스스로 깨닫고 있었다.

시인 장석주는 "어른이 되면서 가장 먼저 잃어버리는 것은 뭔가에 열광하는 능력"이라고 했다. 그렇다. 앞으로 나아갈 길이 창창한 20대의 그와 이미 그 무언가에 열광하는 일을 잃어버린 50대 내 생각이 어찌 같을 수가 있을까? 아들은 공연 준비를 할 때면 한밤중에 들어와 씻지도 못하고 픽 쓰러져 자기가 일쑤이면서도 출근하는 아침이면 가슴이 뛴다고 했다.

아들은 자신이 참여한 이 뮤지컬 〈윤동주, 달을 쏘다〉 첫 공연에 대학원 교수님과 우리 부부를 초대했다. 평소에 청바지와 가벼운 티셔츠만 입고 출근하던 그가 오늘은 말쑥한 세미정장 차림이다. 우리에게 자리를 안내해주고는 바쁘다며 위층에 있는 극단 사무실로 부리나케 달려가던 아들이 나는 조금 멋있어 보였다.

무대 위에선 죄수복을 입은 윤동주가 죽음을 예감하고는 자신이 묻힌 언덕 위에도 자랑처럼 풀이 무성할 거라며 울부짖는다. 그러곤 자신의 부끄러움을 비추는 달을 향해 있는 힘을 다해 활시위를 당긴다. 산산이 부서진 달은 수없이 많은 별이 되어 쏟아지고, 쓰러져 숨을 거둔 윤동주 시신 위로 함박눈이 하염없이 쏟아지고 있다.

1945년 2월 16일 윤동주 사망, 시체 찾아가기 바람.
1945년 3월 7일 송몽규 사망, 시체 찾아가기 바람.

배우들이 사라진 텅 빈 무대 스크린 위로 윤동주와 송몽규의 죽음을 알리는 짤막한 자막이 떴다. 시대의 소용돌이 속에 가장 푸르렀던 시절을 망국의 지식인으로 고통스럽게 살다 간 스물아홉 살 윤동주의 생애가 한 편의 슬픈 시처럼 가슴 먹먹함으로 다가왔다.

영화 〈벤허〉에서 유다 벤허의 멘토로 나오는 모건 프리먼은 자꾸 과거를 되돌아보는 유다에게 이렇게 말한다.

"뒤돌아보지 마, 유다. 네 삶은 앞에 있어"라고.

나는 마음속으로 아들에게 말했다. '그래, 이젠 네가 가고 싶은 길을 가는 거야. 앞만 보고 가라고.

공연이 끝나고 밤 11시가 가까운 시간, 아들은 뒷정리까지 하고 오려면 시간이 많이 걸린다며 같이 집에 가자는 우리에게 먼저 가라며 손사래를 쳤다.

예술의 전당을 내려오는 길목에선 차가운 밤바람이 싸늘하게 몰려왔다. 하늘에 뜬 달은 왜 그렇게 창백하게 보이던지……. 공연 시작이 저녁 8시였는데 바빠서 그때까지 저녁도 못 먹었다는 아들이 안쓰러워 나는 계속 뒤를 돌아보고 있었다.

내 생의 마지막 1분

"이제 1분 남았습니다!"

응급실 침대에 누워 생의 마지막을 기다리고 있는 남자 명우. 50대 중년 작곡가인 그에게 신은 이제 남은 삶이 1분뿐이라고 말한다. 함박눈이 간간이 흩날리는 새하얀 무대 위, 저승으로 가는 거대한 다리가 처연히 그를 기다리고 있다. 저 다리만 건너면 그는 영원히 이승을 떠나게 된다. 관객들은 이 환상적인 무대에 매료되어 숨소리조차 내지 않는다. 예술의 전당 오페라극장에서 뮤지컬 〈광화문 연가〉를 보고 있다.

눈앞에 바짝 다가온 임종 시간, 지난날을 추억하며 회한에 젖은 명우가 피아노 앞에 앉아 있다. 이제 곧 죽음을 맞게 될 그에게 아직도 포기하지 못한 미련이 남았던 걸까?

깊은 시름에 잠긴 명우 앞으로 인연을 관장하는 신 '월하'가
나타난다.

"마지막으로 당신의 기억들을 제대로 정리하는 거야!"

월하는 명우를 기억 전시관으로 안내하고 그는 그곳에서 첫
사랑 수아를 만나게 된다. 광화문 광장에서 열린 사생대회장에
서 처음 만나 풋풋한 사랑을 키웠던 두 사람. 하지만 1980년대,
민주항쟁을 체험했던 명우의 기억 속 액자에 간직된 20대는 잿
빛 우울이다. 학생들 시위를 폭력으로 진압하던 경찰들, 운동
권에 투신하다 백골단에 폭행을 당하며 끌려가던 수아. 연인을
지켜주지 못한 죄책감에 시달리던 명우가 군에 입대하면서 그
들은 가슴 시린 이별을 하게 된다.

서로 다른 배우자를 만나 가정을 꾸린 명우와 수아. 옛사랑
의 기억들을 떠올리며 안타깝게 서로를 바라보는 두 사람 눈에
이슬이 맺힌다. 명우로 분한 윤도현의 애절한 노래가 무대를
장악한다.

남들도 모르게/ 서성이다 울었지/ 지나온 일들이/ 가슴

에 사무쳐

　텅 빈 하늘 밑／ 불빛들 켜져 가면／ 옛사랑 그 이름／ 아껴

불러보네(중략)

　이젠 그리운 것은／ 그리운 대로／ 내 맘에 둘 거야／ 그대

생각이 나면

　생각난 대로／ 내버려두듯이

-이영훈, 〈옛사랑〉 중에서

　죽음을 눈앞에 둔 남자가 혼신의 힘으로 부르는 노래. 그의 목소리로 전해지는 노랫말들은 관객들 폐부 속으로 스며들며 객석은 일순간 깊은 침잠에 빠졌다.

　〈광화문 연가〉는 고 이영훈이 작곡한 아름다운 곡들에 '사랑'을 주제로 이야기를 엮어 뮤지컬로 탄생시켰다. 〈애수〉, 〈깊은 밤을 날아서〉, 〈빗속에서〉 등 1980년대 정서가 녹아 있는 절절한 노랫말들을 음미하며 관객들은 아련한 옛날로 돌아간다. 세월이 지나도 변하지 않는 명곡의 힘일까? 〈광화문 연가〉는 2017년 초연 후 4년이 지난 현재에도 여전히 관객들의 찬사를 받으며 롱런 중이다. 정작 이영훈은 이 뮤지컬을 보지도 못하고 세상을 떠났다.

　환상적 과거와 현실이 교차하는 시간. 월하 역의 차지연이

영혼 밑바닥까지 끌어낸 힘으로 종횡무진 무대를 누비고 있다. 그것도 바로 내 코앞에서. 어떻게 사람 몸에서 저런 소리가 나오는 걸까? 나도 모르게 전율이 인다. 10여 년 전 〈서편제〉에서 보여준 그의 노래와 연기에 취해 나는 일찌감치 차지연 팬이 되었다.

무대는 80년대 디스코장과 최루탄 연기에 휩싸인 광화문 거리로 빠르게 바뀌었다. 격정적으로 춤을 추며 젊음을 발산하는 청춘들과, 시위를 하다 연행되는 학생들. 최루가스와 쇠파이프가 난무하는 광화문 광장. 문득 오래된 기억 하나가 어제처럼 눈앞에 펼쳐졌다.

1979년 10월, 부산 남포동 밤거리. 수만 명의 학생과 시민이 거리로 몰려 나와 유신철폐와 독재타도를 외치던 날, 경찰이 쏜 최루탄으로 아수라장이 된 그 거리에서 엉거주춤 시위대 틈에 끼어 있던 스무 살 앳된 내 모습이 보인다. 숨도 쉴 수 없었던 최루가스를 피해 엎어지고 자빠지기를 반복하며 겨우겨우 집으로 돌아갔던 그날. 아스팔트는 왜 그렇게 미끌거리던지. 부산 도시는 곧 계엄이 내려졌고 며칠 뒤 대통령이 시해되었다. 엉겁결에 내 손을 끌고 필사적으로 내달렸던, 이제는 얼굴도 잊어버린 그는 어디서 무얼 하며 살고 있는지……

"저 이제 갑니다~."

이승에서의 삶을 한바탕 축제처럼 남기고 명우가 저승으로 가는 다리를 건너고 있다. 오케스트라는 깊고 웅장한 음악으로 그를 배웅한다. 그가 살아냈던 50여 년의 삶. 떠나는 명우를 보며 나도 모르게 눈물이 흐르고 있었다. 옆에 앉은 딸아이도 조용히 흐느끼고 있었다. 젊은 그는 무엇을 그리워하며 눈물을 흘리는 것일까?

출연자 모두가 무대로 달려 나와 커튼콜로 부르는 〈붉은 노을〉이 배우들의 열정적인 춤과 함께 무대를 흔들고 있다. 코로나19로 떼창을 할 수도 환호를 지를 수도 없는 현실, 대신 관객들은 오페라극장이 떠나갈 듯 박수를 치고 가볍게 몸을 흔들기도 하면서 깊은 여운을 음미 중이다.

그 세월 속에/ 잊어야 할 기억들이/ 다시 생각나면/ 눈 감아요 소리 없이

그 이름 불러요/ 아름다웠던 그대 모습/ 다시 볼 수 없는 것 알아요

후회 없어/ 저 타는 노을/ 붉은 노을처럼

-이영훈, 〈붉은 노을〉 중에서

죽음 앞에 초연한 사람이 있을까? 갑자기 닥친 죽음이든, 서서히 죽음을 예비했던 모든 죽음은 슬픈 게 아닌가? 명우는 그 슬픈 죽음 앞에서 다시 돌아가고 싶었던 순간이 첫사랑 수아와의 재회였을까? 생의 마지막 순간, 이승에서의 기억들을 다 버리고 단 하나만 가져갈 수 있다면 죽기 1분 전 나는 내 기억 속 액자에 무엇을 담아 갈까?

돼지우리 속에 갇힌 영혼들

햇볕도 들지 않는 축축한 돼지우리 속, 온몸에 진흙을 뒤집어쓴 전라全裸의 남자가 절규하고 있다. 파리 떼와 벌레들이 우글거리는 이 더럽고 악취 나는 곳에서 차라리 돼지로 살겠다며 울부짖는 남자. 그에겐 인간의 존엄성이니 자유니 하는 말들은 한갓 사치에 불과하다.

"지난 30년 동안 난 내가 사람임을 잊지 않으려고 노력해왔어. 내 존엄성을 무너뜨리려고 하는 모든 상황들로부터 내 육체와 영혼을 지켜내려고 노력해왔다고. 난 이제 인간성을 버리겠어! 이제부터는 나도 여물통에 먹을 것을 넣어 줘. 저 돼지들하고 똑같이!"

고통에 일그러진 그의 처절한 몸부림에 객석에는 숨이 멎을 듯한 정적이 흐른다. 돼지들의 날카로운 비명과 악취 속에 코를 박고 살 수밖에 없는 주인공 '파벨'의 운명.

연극 〈돼지우리〉는 '남아프리카의 양심'으로 불리는 '아돌 후가드'의 희곡을 극단 미추 대표인 손진책의 연출로 우리나라에서 초연한 작품이다. 제2차 세계대전 당시 소련군을 탈출해 41년간 돼지우리 속에 숨어 살았던 '파벨 이바노비치 나브로스키'의 실제 이야기를 모티프로 했다. 아돌 후가드는 인종차별과 부조리한 사회문제를 주제로 한 작품들로 남아공의 엄격한 검열과 탄압에 맞서 싸웠던 세계적인 극작가다.

제2차 세계대전 당시 추위와 배고픔을 견디지 못해 탈영을 한 소련군 병사 '파벨'은 총살을 피하기 위해 이 돼지우리에 숨어 살게 된다. 그의 아내 '프라스코비야'는 남편을 숨긴 채 전몰군인 미망인으로 위장해 살아가고 있다.

구역질나는 오물 냄새와 시끄러운 돼지울음이 뒤섞인 우리 속에서 바깥세상과 단절된 삶을 살아가는 파벨. 그의 뇌리 속에는 탈영을 하다 잡혀 재판도 없이 총살당한 한 병사의 최후가 깊게 각인되어 있다. 하얀 눈 위를 시뻘겋게 물들였던 그 피의 공포 때문에 파벨은 결코 이 돼지우리를 벗어나지 못한다.

파벨이 돼지우리에서 갇혀 산 지 10년이 되던 해, 마을에서는 전몰장병 추모비 제막식이 열린다. 그날 자수를 결심한 파벨은 자신을 용서해달라고 쓴 연설문 낭독을 끊임없이 연습한다. 하지만 나약하고 겁 많은 그는 분노한 마을 사람들이 탈영한 자신을 죽일지도 모른다는 생각에 결국 실행에 옮기지 못한다. 남편 대신 기념식에 참석해 파벨의 훈장을 받아온 아내 프라스코비야는 당신은 죽어서 영웅이 됐다며 호들갑스럽게 훈장을 읽기 시작한다.

"파벨 이바노비치 나브로스키 민중의 영웅!"

전사한 전쟁 영웅으로 추앙받는 파벨과 전쟁미망인으로 살아가는 프라스코비야의 이 비밀스런 동거는 그렇게 41년 동안이나 계속된다. 고립된 생활로 삶의 목적을 잃어버린 그는 서서히 돼지우리에 적응해가면서도 가끔은 혼란에 빠져 이상 행동을 보이기도 한다.

파벨이 그 비참한 세계를 벗어나지 못하는 건 잡히면 총살당할 거라는 극심한 불안과 함께 그의 잠재의식 속에 남아 있는 트라우마 때문이었다. 매번 시비를 걸어오던 덩치 큰 친구의 위협과 잔뜩 화가 난 채 허리띠를 손에 들고 자신을 쫓아오던 아버지를 피해 창고 속으로, 찬장 밑으로 숨어 다니던 어린 시절. 그 폭력의 상처는 그를 더 깊은 곳으로 은둔하게 하고 스스로를 이 더러운 돼지우리에 가두게 한 것이다.

지난한 은둔 생활에 육체와 영혼마저 피폐해가는 파벨. 관객을 향한 그의 절규는 이 아수라 같은 돼지우리와 당신들이 사는 세상이 뭐가 다르냐고 묻고 있는 듯하다. 그렇다. 인생이란 어쩜 끊임없이 두려움과 싸워야 하는 전쟁터일지도 모른다. 권력과 명예를 얻기 위해, 또는 조직에서 이탈되면 사회에서 낙오될 것 같은 두려움 때문에 안간힘을 쓰면서 품위 유지용 미사여구를 남발해야 하는 인간 군상들. 우리는 어쩜 생존을 위협하는 이 모든 불안들 때문에 보이지 않는 돼지우리에 자신을 가둬놓고 발버둥을 치고 있는 건 아닐까? 무탈했던 하루를 감사해하며 그저 요행처럼 오늘을 살아가는 내 생활도 파벨의 삶과 장소만 다를 뿐 같은 모습일지도 모른다.

사실 〈돼지우리〉 작가인 아돌 후가드 자신도 '술'의 울타리에 갇혀 살았던 알코올 중독자였다. 술을 마시지 않으면 작품을 못 쓸 것 같은 두려움에 술에서 벗어나지 못했다고 한다. 술에 취해 허리띠로 사정없이 자신을 때렸던 알코올 중독자 아버지. 그로부터 당한 끔찍한 고통의 기억은 그 자신도 알코올 중독자가 되게 했다고 한다.

돼지우리에서 생활한 지 41년이 되던 해, 파벨은 망상에 빠져 정신까지 혼미해진다.

"넌 비겁한 탈영병이야, 조국을 배신한······. 근데 기억이 나기나 해? 네가 뭐 때문에 조국과 민족을 배반했는지?"

꿈과 현실을 넘나들며 혼잣말을 중얼거리며 미친 듯이 웃는 파벨.

"아니, 마지막 지푸라기 하나가 짐꾼 낙타의 등뼈를 부러뜨린다는 말도 있잖아!"

섬광처럼 스치는 이 말에 마지막 힘을 낸 파벨은 마침내 낙타의 등을 부러뜨릴 결단을 내린다. 파벨은 문을 열어 우리 속에 갇혀 있던 돼지들을 해방시키고, 미칠 듯한 공포 속에서도 인간다운 삶을 갈구했던 자신도 그 지옥 같은 돼지우리에서 탈출하게 된다.

이렇게 간단한 것을. 그는 왜 41년 동안이나 그 더러운 돼지우리에 자신을 가두고 살았을까. 자신을 지배했던 공포와 두려움에서 벗어나게 할 수 있는 건 오로지 자신뿐이라는 것을 왜 몰랐던 것일까?

영원처럼 멀게만 느껴졌던 자유 속으로 서서히 걸어가는 파벨. 열린 문틈 사이로 새로운 날의 햇살이 희미하게 들어오고 있다.

내 안에 숨겨진 또 하나의 나

고뇌에 찬 표정의 한 남자가 천천히, 천천히, 무대를 장악하고 있다. 영혼을 판 듯한 그의 신들린 연기와 가슴을 후비는 절규, 작렬하는 노래. 관객들을 전율로 물들이며 넋을 잃게 하는 저 카리스마와 소름끼치는 마력은 어디서 나오는 것일까?

뮤지컬 〈지킬 앤 하이드〉를 보며 나는 품격 있는 신사인 의사 지킬과, 머리를 풀어헤치고 섬뜩한 눈빛으로 살인을 저지르는 하이드 사이에서 널뛰기를 하고 있다. 제어할 수 없는 난폭성으로 자신을 사랑했던 술집 쇼걸 '루시'를 죽이고 결국 비참한 최후를 맞게 되는 하이드의 몸부림이 처절하다.

유능한 의사이자 과학자인 헨리 지킬은 정신병을 앓고 있는 아버지를 치료하기 위해 인간의 정신에서 선과 악을 분리하는 연구를 시작한다. 하지만 반인륜적이라는 이유로 이사회의 반대에 부딪혀 임상실험 대상자를 찾지 못한 그는 자신이 직접 실험 대상자가 되어 몸에 약물을 투여한다.

주사를 맞은 그는 선과 악이 분열되면서 악으로 가득 찬 제2의 인물 하이드가 되었다가 존경받는 의사 지킬로 되돌아오는 이중생활을 넘나들게 된다. 하지만 금단의 영역에 도전한 그에게 내린 신의 저주인가? 실험은 실패로 돌아가고 지킬은 약을 주사하지 않아도 하이드가 되어버리는 통제 불능 상태에 이르게 된다. 그러곤 자신의 의견에 반대했던 사람들을 차례로 죽이는 살인마가 되어간다. 하지만 지킬로 돌아왔을 때는 자신의 내면을 지배했던 악의 화신 하이드를 몰아내지 못해 고통스러워한다. 선과 악의 싸움에서 서서히 지쳐가는 지킬, 그의 모습이 애처롭다.

'브로드웨이 뮤지컬 역사상 가장 아름다운 스릴러'라는 찬사를 받은 〈지킬 앤 하이드〉는 전석 매진, 전회 기립 박수라는 사상 초유의 기록으로 한국 뮤지컬 사상 믿기 힘든 신화를 만들며 전국투어에 나서고 있다. 오사카 NHK홀 공연에서는 좀체 감정을 드러내지 않는 일본 관객들조차 열광적인 기립 박수로 10여 분 동안 뜨거운 환호를 했다니 한국 뮤지컬의 위상은 가히 세계적이라고 할 수 있지 않을까?

특히나 선과 악을 넘나들며 지킬과 하이드로 변신하는 주인공 조승우의 열정적인 연기는 그가 회당 수천만 원의 고액 출연료를 받는다는 사실에도 별 거부감이 없다. 악의 유혹에서 벗어나지 못한 채 하이드로의 변신에 고통스러워하는 그의 1인 2역 연기는 그를 '뮤지컬계의 흥행 보증 수표'로 자리매김시키며 화제가 되었다.

로버트 루이스 스티븐슨의 소설 『지킬 박사와 하이드』가 원작인 이 작품은 분열된 자아라는 개념을 처음으로 등장시켰다. 또한 선과 악의 상징인 지킬과 하이드를 통해 인간의 이중적 본성을 그리며, 인간 내면의 가장 밑바닥에 있는 악마적 성향의 존재 사실을 부각시킨다. 개인의 고통과 사회문제는 인간 안에 잠재된 선과 악의 모순된 동거 때문이라고 생각했던 작가 로버트 루이스 스티븐슨. 그는 인간의 본성에서 선과 악을 분리시키면 정신세계가 좀 더 자유로워지리라 생각했던 걸까?

인간의 본성은 선일까, 악일까? 굳이 맹자의 성선설이나 순자의 성악설을 들춰내지 않더라도 사람은 누구나 본성 속에 숨겨진 선과 악의 두 얼굴을 동시에 가지고 철저하게 이중적으로 살아간다. 프로이트가 분석한 인간의 본능적 욕구인 '이드'와 교육을 통해 형성된 양심과 도덕의 상징 '슈퍼에고' 사이에서 위태위태 줄타기를 하고 있는 것이다. 시류의 큰 물결 속에서 낙오되지 않으려면 내면에 잠재된 악함을 숨긴 채 안과 밖이 다른 생활을 할 수밖에 없지 않은가?

우리는 인간의 이중성을 고발한 수많은 문학 작품을 통해 인간은 결코 완벽하지 않으며 세상엔 천사도 악마도 없다는 걸 알게 된다. 미국의 인류학자 루스 베네딕트의 저서『국화와 칼』에 나타난 일본인의 극단적 이중성. 그는 이 글을 통해 평화(국화)를 사랑하면서도 전쟁(칼)을 숭상하는 일본인의 이중성을 파헤쳤다. 겉으론 교양 있고 우아한 프랑스 귀족들의 궁지에 몰렸을 때 나타나는 추악한 이중성과 비굴함을 고발한 모파상의 단편소설「비곗덩어리」도 그렇다. 도스토옙스키의 소설『악령』에서 나타나는 인간의 이중성은 또 어떤가?

우린 어쩌면 마음속 깊은 곳에 웅크린 악의 화신들을 '슈퍼에고'로 강하게 누르며 존경받는 지킬이 되고자 발버둥 치며 살아가고 있는 건 아닐까?

무대에는 변호사이자 지킬의 친구인 왓슨이 비장한 표정으로 지킬을 변호하고 있다.

"인간의 정신을 분리하여 정신병 환자를 치료하는 연구

를 한 지킬은 의사라기보다는 혁명가의 길을 걸었습니다!"

그렇다. 이것이 소설이나 뮤지컬이 아닌 현실이라면, 지킬은 정녕 인류를 위한 위대한 혁명가가 아니었을까? 공연에 취한 관객들의 기립 박수와 환호성이 오래오래 이어진 '샤롯데씨어터' 공연장. 내 안에 숨어 있던 또 하나의 '나'가 치명적 유혹으로 나를 흔들고 있다. 마치 축제의 밤처럼.

살다 보면 살아지리라

헤밍웨이는 인생을 투우에 비유했다. 인간에게 대항하며 사투를 벌이지만 결국에는 피카도르picador 가 찌른 창에 찔려 처절하게 죽어가는 소를 보며 삶의 허망함을 느꼈던 것일까? 어쩌면 우리네 삶도 보이지 않는 절대자의 힘에 의해 투우장의 소처럼 그렇게 스러지는 것은 아닐까? 복병처럼 숨어 있다 갑자기 나타난 예기치 못한 불행 앞에 손쓸 겨를도 없이 그렇게.

장예모 감독의 영화로도 더 많이 알려진 『인생』은 중국 작가 위화의 소설 『살아간다는 것』이 원작이다. 이 영화가 칸 영화제에서 심사위원 대상 수상작으로 선정되자 이 소설도 덩달아 유명세를 타면서 개정판을 낼 땐 제목을 아예 『인생』으로 바꿔버렸고, 위화는 세계적 작가 반열에 오르게 된다. 그 후 그는『허삼관 매혈기』로 또 한 번 세계 문단의 극찬을 받는다.

『인생』은 민요를 수집하러 시골을 돌아다니던 '나'가 어느 마을에서 소로 밭을 갈고 있던 늙은 농부 푸구이를 만나면서 이야기가 전개된다. 주인공 푸구이가 자신의 기구했던 과거사를 이야기 형식으로 들려주는 이 소설은 국공내전, 문화대혁명 등 격량의 중국 역사 속에서 처절하게 무너져버린 한 인간의 일생을 통해 과연 삶이란 무엇인가를 생각하게 한다.

부유한 대지주의 외아들이었던 푸구이는 방탕한 생활을 하다 전문 도박꾼 룽얼에게 걸려 하룻밤 만에 전 재산을 날리고 빈털터리 신세가 된다. 땅과 함께 집문서마저 넘기던 날, 아버지는 충격으로 숨을 거두고 설상가상으로 얼마 후 어머니도 병으로 위중한 상태가 된다. 그 와중에 의원을 부르러 가던 푸구이는 길거리에서 영문도 모른 채 국민당군에 끌려가게 된다. 국공내전 중 국민당과 공산당의 교전이 막바지에 이르렀을 즈음이었다.

대포와 총알의 난무 속에 고통으로 울부짖던 부상병들과 쓰레기처럼 마구 쌓여 있던 시체 더미들. 그 아비규환의 전쟁터에서 적군의 포로가 되는 등 산전수전을 겪던 푸구이는 2년여 후 구사일생 집으로 돌아온다. 하지만 어머니는 죽은 지 이미 오래고 딸 펑샤는 열병을 치료하지 못해 듣지도 말하지도 못하는 농아가 되어 있다. 그의 행방조차 모른 채 비참한 생활을 이어가던 아내 자전은 그럼에도 불구하고 그를 용서하며 따뜻하게 맞이한다.

"저는 복 같은 거 바라지 않아요. 해마다 당신한테 새 신발을 지어줄 수만 있다면 그걸로 됐어요."

배신자 같은 남편에게 새 신발을 지어줄 수 있다면 그것으로 끝이라니? 문란한 생활과 폭력으로 끊임없이 자신을 학대했고 재산마저 탕진한 푸구이를 용서하는 자전의 심사는 무엇이었을까? 아비 없는 자식을 만들지 않겠다는 모성애였을까. 아니면 남편을 향한 끝없는 사랑이었을까? 자전은 어쩌면 자신의 희생으로 온전하게 가정을 지키고자 했던 건 아닐까?

인생은 새옹지마라 했던가. 도박으로 푸구이의 전 재산을 갈취했던 룽얼은 정부의 토지개혁 과정에서 악덕 지주로 몰려 공개 처형을 당하게 된다.

"푸구이, 너 대신 내가 죽는구나!"

오랏줄에 묶인 채 사형장으로 끌려가던 룽얼의 절규를 애써 외면한 채 발길을 돌리던 푸구이는 삶과 죽음이 다 운명이라며 가슴을 쓸어내린다.

집으로 돌아온 후 푸구이는 고생스럽기는 했지만 한동안은 편안하고 안정된 나날을 보낸다. 하지만 그런 생활도 잠시. 시름시름 앓던 아내 자전은 구루병 진단을 받게 되고, 아들 유칭은 출산 중인 산모에게 수혈을 해주다 의사의 실수로 온몸의 피를 다 뽑힌 채 어처구니없는 죽음을 맞는다. 엎친 데 덮친 격으로 딸 펑샤도 출산을 하다 아들 유칭이 죽은 그 병실에서 죽게 되고 자전도 곧이어 숨을 거둔다.

하지만 이 참담한 불행 앞에서도 푸구이는 결코 쓰러져는 안 되었다. 그에게는 아직 돌보아야 할 어린 외손자 쿠건과 장애를 가진 사위 얼시가 있었기 때문이다. 하지만 참척의 고통으로 모진 생을 이어가던 그에게 불행은 끊임없이 찾아온다. 운송 일을 하던 얼시가 시멘트 판에 끼이는 끔찍한 사고를 당하게 되고, 손자 쿠건마저도 굶주린 속에 갑자기 콩을 너무 많이 먹다가 체해서 죽고 만다.

세상에 홀로 남게 된 늙은 푸구이에게 산다는 건 얼마나 가혹한 형벌이며 허망한 몸부림인가? 하지만 그는 자신의 이 기구한 운명을 숙명으로 받아들이면서도 운명 앞에 결코 무릎 꿇지 않는다. 그러곤 자신과 삶을 함께하는 소들에게 각각 죽은 가족들의 이름을 붙여놓곤 절절한 사랑을 보낸다. "자전, 평샤, 유칭, 얼시, 쿠건……." 어쩌면 그는 소들에게 이름을 붙여놓고 번갈아 부름으로써 방탕했던 젊은 날을 참회하고 있었는지도 모를 일이다.

이 소설에는 비참함 속에서도 용서와 사랑, 우정이 존재한다. 아내 자전이 남편 푸구이를 용서했듯, 아들 유칭을 죽게 만든 의사가 전쟁터에서 생사를 같이했던 옛 전우 춘성인 걸 알고 부부는 피 끓는 심정으로 그를 용서한다. 어디 그뿐인가. 춘성이 문화대혁명의 와중에 위기에 처하자 '꼭 살아 있어야 한다'며 오히려 그를 격려한다. 또한 벙어리 딸 평샤가 출산 중 사경을 헤매자 아이 대신 아내를 원했던 사위 얼시의 애절한 사랑도 눈에 띄는 대목이다. 전 가족을 잃은 푸구이는 어쩌면 역사 속의 희생양이 아닐까?

잘못된 역사 앞에 무력하게 당할 수밖에 없는 민초들의 삶이 어디 소설 속에서만 존재할까? '움직이지 말고 가만히 있으라'던 어른들 말만 듣다 안타깝게 죽어갔던 세월호 속의 그 어린 넋들. 그 가여운 꽃들을 가슴에 묻은 부모의 애통한 심정이, 이

땅의 어른이라서 더 죄스러운 우리들 모두가 고통 속에 살고 있으니 말이다.

생의 막다른 골목에서 고단한 삶을 이어가면서도 푸구이는 식구들 전부를 자신의 손으로 장례 치르고 묻어주었으니 죽는 날이 와도 걱정할 가족이 없어 안심이라며 애써 위안을 한다. 그러고는 베개 밑에 자신의 주검을 거둬줄 사람을 위해 십 위안을 넣어놓는다. 혹자는 그렇게 구차하게 사느니 차라리 목숨을 끊어버리는 게 나을 거라 말할지도 모른다. 하지만 단정은 마시라. 그래도 인생은 살아볼 만한, 살다 보면 살아지는, 생명 그 자체로도 소중한 것이니.

파란만장한 인생이지만 초연히 그 삶을 관조하는 푸구이를 보며 "사람은 살아간다는 것 자체를 위해 살아가지, 그 이외의 어떤 것을 위해 살아가는 것은 아니"라는 이 소설 작가 위화의 말이 새삼 가슴에 와닿는다. 당장 하루 뒤의 일도 예측하지 못하는 게 우리네 인생이지 않은가?

그들이 사는 세상

얼마 전 서울 한 대학에서 성소수자를 지지하는 현수막 훼손 문제로 학생들이 피켓 시위를 하는 장면이 뉴스에 떴다. 신학기를 맞아 이 대학 성소수자 커뮤니티인 '○○퀴어모임'에서 "성소수자, 비성소수자 학우의 새 학기, 새로운 출발을 응원합니다"란 현수막을 내걸었는데 한 교수가 칼로 현수막 곳곳을 훼손하여 쓰레기통에 버렸다는 것이다. 신문에서는 그 교수를 규탄하며 성소수자의 인권 문제를 조명하고 있었다.

'퀴어queer'는 동성애자나 양성애자, 성전환자 등 성적 소수자들을 통틀어 지칭하는 말이다. 그런데도 동성애를 반대하는 사람들은 퀴어를 영어의 사전적 의미인 '기묘한'과 '수상한'에 빗대 '이상한' 사람들로 결론지으며 혐오하고 멸시한다. 이처럼 성소수자들의 삶은 보편적인 사랑과는 다르다는 편견 때문에 자유롭지 못한 형편이다.

문득 얼마 전에 읽었던 윤이형의 단편소설 「루카」가 생각났다. 아들이 게이라는 걸 알게 된 목사 아버지가 자신이 섬기는 하느님과 동성애자 아들과의 양립될 수 없는 모순 속에서 고뇌하는 이야기다. 그는 아들 이름을 예수와 성령의 앞 자를 따 '예성'이라고 지을 만큼 독실한 기독교 신자였다.

어느 날 그는 아들이 동성애자이며 '루카'라는 별칭으로 동성애 커뮤니티에서 활동하고 있다는 것을 알게 된다. 하지만 동성애를 금기시하는 기독교 목사인 그는 도저히 그 사실을 받아들일 수가 없다. 자신이 섬기는 신과 아들 중 하나를 내면에서 몰아내야만 하는 아버지는 결국 신앙을 지키기 위해 마음속으로 예성이 교통사고로 죽었다고 생각하며 갈등한다.

깊은 고민으로 괴로워하다 홀로 여행을 떠난 목사는 아르헨티나 부에노스아이레스에서 길을 잃는다. 온몸이 땀범벅이 된 채 몇 시간을 헤매던 그는 문득 아들 예성을 떠올리곤 하염없이 눈물을 흘린다.

"아무도 없는 길을 예성이가 이렇게 걷고 있었겠구나. 아는 사람들을 지구 반대편처럼 아득한 곳에 두고, 어디에도 닿을 수 없이. 얼마나 외로웠을까?"

그는 모든 것이 자신의 부족 탓이라며 울면서 하나님께 용서를 구한다. 그러곤 예성이를 주님 품에 받아달라고 간절히 기도를 한다.

성소수자를 소재로 한 대부분의 소설들은 주인공들 위상을 주류 사회에 적응하지 못한 실패자로 묘사하고 있다. 하지만 소설 속 주인공들은 자신의 성 정체성을 과감하게 받아들이며 보편적인 성 이데올로기에 도전한다.

2000년 네덜란드를 시작으로 동성결혼을 인정한 나라는 30여 개국이다. 미국도 2015년 6월, 대법원에서 '동성결혼 합헌'이라는 역사적 판결을 내렸다.

몇 년 전, JTBC의 〈비정상회담〉이란 프로그램을 볼 때였다. 태국 하면 트랜스젠더가 떠오른다는 일본 대표의 말에 태국 대표로 나온 '타차라 롱프라서드'는 태국에서는 트랜스젠더에 대해 문화적 차별이 전혀 없다고 했다. 태국 일부 학교에서는 학생들 성 정체성에 따라 교복을 치마나 바지로 선택할 수 있는 교복 선택권이 있다며, 여자 친구가 트랜스젠더라 해도 신경

쓰지 않겠다고 해 놀라웠다. 그는 태국 왕립대학 출신으로 아나운서로 일했고 국제 로펌에서 변호사로도 활동했던 태국 최고의 엘리트였다.

지난여름, 태국 푸껫에서 트랜스젠더 쇼를 볼 때였다. 성전환 수술로 여자보다 더 아름다운 몸매와 얼굴로 노래를 부르며 춤을 추는 그들에게 감탄했다. 그러면서도 마음속으론 측은하게 생각했던 것이 괜히 부끄러워졌다. 태국에서는 트랜스젠더를 '제3의 성'으로 인정한다고 했다. 모든 성은 동등하게 법의 보호를 받을 권리가 있으며 헌법에도 명시되어 있다는 걸 나는 모르고 있었다.

애플의 최고경영자였던 '팀쿡'이 동성애 커밍아웃을 하면서 성소수자를 보는 눈이 한결 부드러워졌다. 하지만 대부분의 성소수자들은 자신의 성 정체성을 당당하게 밝히지 못한다. 그만큼 그들을 바라보는 시선들이 차갑기 때문이 아닐까? 자신들을 바라보는 냉랭한 시선 때문에 공동체에서 배척당하는 그들의 삶이 안쓰럽다.

팀쿡은 동성애는 신이 자신에게 준 선물 중 하나라고 생각한다며 전 세계 성소수자들에게 희망을 주기 위해 커밍아웃을 하게 됐다고 했다. 시대가 변한 만큼 이제 그들을 좀 더 따뜻한 시선으로 바라보아야 되지 않을까? 내 삶이 소중하듯 그들의 삶도 소중하기 때문이다. 버락 오바마 전 미국 대통령도 재취임 연설에서 성소수자 인권을 언급했고, 프란치스코 교황도 "동성애자들도 주님의 자녀들이며 가족을 구성할 권리가 있다"며 동성 커플의 법률적 권리 보호를 주장하지 않았던가?

'카공족'의 변

　　두 사람이 동시에 없어졌다. 머리를 질끈 묶고 열심히 필기를 하며 공부하던 앳된 얼굴의 아가씨. 아침 9시 즈음이면 어김없이 나타나 카페 한 귀퉁이에서 노트북을 켜고 진지하게 무언가를 하던 40대 중반쯤 되어 보이던 남자. 그들이 앉았던 자리가 텅 비어 있다. 빈자리가 왠지 쓸쓸해 보인다. 그들은 어디로 갔을까?

　　작가라는 이름을 달고서도 나는 글 쓰는 걸 즐겨 하지 않는다. 치열하게 작품 활동을 하며 자주 책을 내는 분들을 보면 그들이 참 부럽고 존경스럽다. 나는 짧은 수필 하나를 쓰는데도 몇 날 며칠, 심지어는 몇 달에 걸쳐 진땀을 뺀 뒤에야 겨우 어설픈 글 한 편을 마무리한다. 그런 면에서 나는 작가 자질이 한

참 모자란 사람이다.

몇 년 전, 지인들과 연세 많은 소설가 한 분을 모시고 식사를 하게 되었다. 70이 넘은 연세에도 왕성하게 작품 활동을 하는 그분은 작가란 이름만 달고 글 쓰는 걸 게을리하는 젊은이들이 안타깝다고 하셨다. 그 말씀이 꼭 나를 두고 하는 것 같아 얼굴이 화끈거렸다. 수필집 한 권 달랑 내놓고는 10년이 넘도록 다음 책을 내지 않는 내 게으름을 꾸짖는 것 같아 정신이 번쩍 들었다. 그동안 나는 다음 책이 언제 나오느냐는 지인들의 물음에 갖가지 핑계를 대며 얼버무리기 일쑤였다.

다음 날부터 나는 특별히 할 일이 없는 날에는 올림픽공원 안에 있는 이 카페로 출근(?)을 했다. 아무 생각 없이 책을 읽었다. 그러다 심심하면 노트북에 글을 몇 줄 끼적거린 후 올림픽공원을 잠시 산책하곤 집으로 돌아왔다. 가끔은 가까이에 사는 지인들과 번개팅으로 만나 점심을 같이 먹거나 수다를 떨기도 하면서. 그렇게 이 카페는 내 도서관이 되었다.

집에서나, 내가 사는 아파트 단지 안에 있는 작은 도서관에서도 공부할 수 있는데 굳이 이곳을 찾는 건 집에 있으면 온갖 잡념들이 쏟아져나오는 데다 소파를 침대 삼아 눕기를 좋아하는 내 성격을 스스로 잘 알기 때문이다. 숨 막히게 정적이 흐르는 도서관보다는 적당한 크기의 음악과 옆 좌석에 앉은 사람들의 수다 소리마저 백색소음으로 들리는 이 카페가 나는 참 좋다. 몇 년 전만 해도 딸아이가 카페에서 공부를 한다고 했을 때 그렇게 시끄러운 곳에서 어떻게 공부를 하느냐며 핀잔을 주던 나였다. 그때 딸아이가 했던 말.

"조용한 도서관에서 옆 사람 눈치 보며 숨도 못 쉬고 공부하는 게 좋아? 커피 마시면서 음악도 듣고 자유롭게 공부하는 게 좋아?"

그렇게 나는 '카공족'이 되었다. '진상'이란 소린 듣기 싫으니 커피와 함께 꼭 샌드위치나 조각 케이크 하나 정도는 같이 주문한다. 사람들이 뜸한 아침 시간에 갔다 사람들이 몰려오는 점심시간쯤엔 카페에서 나가주는 매너도 있어야 한다.

아침 7시부터 문을 여는 이 카페는 워낙 넓어서 구석에서 몇 시간을 죽치고 있어도 눈치가 덜 보여 좋다. 그러다 보니 이른 아침이면 카공족들이 하나둘씩 모여든다. 그 사람들 중 유독 눈에 띄었던 사람이 20대 아가씨와 40대로 보이는 남자였다. 그들은 매일 카페에 출근하다시피 하는 것 같았다. 나도 그들과 같은 부류로 한동안 이 찻집을 드나들었으니 우리는 약속

없는 동지였다.

　일주일에 두세 번 내가 카페에 갈 때마다 그들은 늘 같은 자리에서 골똘히 무언가를 하고 있었다. 몇 달을 그렇게 지내다 보니 밖에서 만나도 알아볼 정도로 그들과 익숙해졌다. 하지만 불문율처럼 우린 서로 눈인사를 하거나 아는 척을 하지 않았다.

　나는 그들이 궁금해 내 멋대로 상상의 나래를 펼쳤다. 남자 옷차림을 보면 단순히 공부를 하러 오는 사람은 아닌 것 같았다. 혹시 저 젊은 나이에 명퇴를 했을까? 집에는 말을 못한 채 어쩔 수 없이 이 카페로 오는 건 아닐까? 근사한 직장에서 승승장구하던 사람이었을지도 몰라. 직장에서 공들여 보고서를 쓰고, 가슴속엔 비수를 갈면서도 가족의 밥줄을 위해 겉으론 비굴한 웃음을 수없이 지었을지도 몰라. 그러다가 과감하게 사표를 던졌을 거야.

　코로나19 사태로 기업에서도 신입사원을 잘 뽑지 않는 요즘, 저 아가씨는 장차 열리게 될 취업문을 향해 저렇게도 치열하게 공부하는 걸 거야. 공무원 시험을 준비하는 걸까, 대기업 취업을 위해 자격증 공부를 하는 걸까? 나는 이런저런 공상을 하면서 이 카페 단골이 되어가고 있었다.

　거의 1년 정도를 그렇게 카페에 출입하다가 바쁜 일들이 겹

치는 바람에 몇 달 만에 다시 카페에 갔는데 그들이 앉았던 자리가 텅 비어 있었다. 왠지 모르게 허전했다.

나는 또 상상의 나래를 펼쳤다. 남자는 이직에 성공해 새로운 출발을 했을 것이고, 아가씨는 자신이 바라던 직장에 취업해 청운의 꿈을 안고 첫 출근을 했을 것이라고. 아니, 상상이 아니라 꼭 그렇게 되었으리라 믿고 싶었다.

내가 그들을 궁금해했던 것처럼 그들도 내가 뭘 하는 사람인지 궁금해했을까?

이 카페를 알게 된 게 벌써 4년째, 마치 고향에 온 것처럼 편안해서 요즘도 나는 자주 이 카페에 온다. 200여 명은 족히 들어갈 정도인 이 카페엔 이른 아침엔 카공족들이, 10시 즈음이면 공원 산책을 마친 사람들이 몰려와 브런치를 먹으며 수다를 떤다.

카페는 이제 음료를 마시는 예전의 기능에서 공부를 하거나 과외를 하는 새로운 기능이 추가됐다. 어떤 카페엔 카공족들이 공부할 수 있도록 한 사람이 앉을 수 있는 칸막이를 친 곳도 있으니 말이다. 그러다 보니 카페를 도서관 삼아 공부하는 이들이 많다.

얼마 전, 카공족들을 말려달라는 청와대 청원이 하나 올라왔다. 한 카페 사장이 올린 건데, 아메리카노 한 잔만 시키고 여덟 아홉 시간을 공부하는 사람들을 법으로 금지해달라는 청원이었다.

뜨끔했다. 나는 그 정도는 아니지만…….

미안해요. 세 시간 이상 머물지 않을게요!

네 마음에 마법을 걸어!

몇 년 전, 재수를 하던 딸아이가 눈이 번쩍 뜨이는 책을 찾았다며 책 한 권을 권했다. 호주의 전직 TV 프로듀서 론다 번이 쓴 『시크릿The Secret』이다. 찌는 듯한 더위에 생각처럼 오르지 않는 성적과 미래에 대한 불안으로 지쳐가던 여름, 그녀는 이 책대로만 하면 자신의 꿈이 금방이라도 이루어질 것 같다며 마치 신대륙을 발견한 콜럼버스라도 된 듯 호들갑을 떨었다.

"엄마, 이건 비밀인데 아무한테나 말해주는 거 아니야. 특별하게 엄마한테만 가르쳐주는 거야. 그러니 꼭 읽어야 해!"

잔뜩 장난기 섞인 음성으로 애교를 떠는 딸아이의 말에 단숨에 읽게 된 이 책은 '수 세기 동안 단 1%만이 알았던 부와 성공의 비밀'이란 부제가 붙어 있는 자기 계발서다. 저자 론다 번은 오래전부터 역사를 추적하며 성공한 사람들의 공통된 비밀을 연구했고 거기에서 얻은 결과물을 책으로 냈다고 한다.

제목인 '시크릿'처럼 이 책이 전하는 비밀은 '끌어당김'의 법칙이다. 자신에게 나타나는 모든 현상은 자신이 끌어당긴 것이라고 론다 번은 주장한다. 사람의 생각에는 주파수가 있으며 자신이 생각하는 것이 우주로 전송되어 같은 주파수에 있는 비슷한 것들을 자석처럼 끌어당겨 다시 자신에게 돌아온다는 것이다.

"긍정적인 생각과 간절한 믿음이 만났을 때 강력한 힘을 발휘한다"며 성공하는 삶을 살고 싶다면 생각의 주파수를 바꾸라고 주문한다. 다소 황당해 보이기까지 한 이론이지만 저자는 위대한 인물들을 예로 들며 독자들을 설득한다.

이 '끌어당김의 법칙' 비밀을 알고 있던 시인 로버트 브라우닝과 윌리엄 블레이크는 시로, 베토벤이나 레오나르도 다빈치는 음악과 그림으로, 괴테와 빅토르 위고는 글로 불후의 명성을 얻었다는 것이다.

설사 그의 주장이 맞지 않는다고 해도 나는 그의 말에 동의

하고 싶다. 『금강경』에도 '간절히 원하면 이루어진다'고 하지 않았던가?

평생을 나쁜 생각에 시달리다 그 생각처럼 죽은 이를 알고 있다. 13일의 금요일에 태어나 숫자 13의 공포에서 헤어나지 못했던 오스트리아 작곡가 쇤베르크다. 그는 늘 자신이 1951년 7월 13일에 죽을지도 모른다는 불길한 생각을 하고 있었다. 1951년은 그가 76세가 되는 해로 7과 6을 더하면 13이 되고 7월 13일은 서양인들이 불길하게 여기는 '13일의 금요일'이라는 것이다. 그가 자신의 작품인 오페라 〈모세와 아론〉을 'Moses und Aaron'이 아닌 'Moses und Aron'으로 발표했던 것도 원래 아론의 스펠링에 나오는 A를 두 개 쓰면 글자의 수가 13이 된다는 극도의 나쁜 생각 때문이었다고 한다. 결국 그는 그 징크스를 깨지 못하고 공포의 그날인 1951년 7월 13일에 죽었다. 론다 번의 말대로 쇤베르크는 자신이 우주에 보낸 나쁜 전파를 그대로 되돌려받아 정확하게 자신이 생각한대로 그날 죽었던 건 아닐까?

론다 번은 '난 안 돼', '난 할 수 없어'라는 부정적인 생각들을 버리고 긍정의 힘으로 자신이 원하는 목표를 향해 가라고 조언한다. 삶을 창조하는 원동력은 바로 자신이며 생각에 따라 성공하는 미래가 열릴 것이니 이 위대한 비밀인 '끌어당김'의 법칙을 적극 활용하라는 것이다.

세계 인구의 1퍼센트밖에 안 되는 사람이 전 세계 돈의 96퍼센트를 벌어들이는 것은 결코 우연이 아니며 그들의 마음을 지배한 생각이 '부'였기 때문에 부에 대한 생각이 그 사람들에게 부를 끌어당겨 부자가 되게 했다는 것이다.

그가 주장하는 소망을 이루는 법칙은 두 가지로 '감사하기'와 '그림 그리기'다. 감사해야 할 일들의 목록을 작성하고 마음속에서 원하는 것을 얻는 모습을 상상하며 그림을 그리라는 것이다. 그렇게 하다 보면 놀랍게도 감사할 일들이 끊임없이 꼬리를 물고 이어지고, 자신이 원했던 것을 이미 소유한 것 같은 느낌이 들게 되면서 사고방식 또한 긍정적으로 바뀌게 된다는 것이다. 라이트 형제가 비행기를 만들고, 에디슨이 전구를 발명하고, 그레이엄 벨이 전화기를 발명한 것도 그들 모두가 마음속에 그림을 그렸기 때문이라고 역설한다.

이 책을 읽으며 긍정의 힘이 얼마나 위대한지 알게 되었다. '나는 할 수 있다'고 끊임없이 내 마음에 주문을 해야겠다. 그것이 비록 불발로 끝날지라도…….

재수생 시절, 흔들리는 마음을 『시크릿』에 의존하던 딸아이는 지금 미국의 한 주립대학에 유학 중이다. 낯선 곳에서 외롭게 유학 생활을 하면서도 마법에 걸린 듯 시크릿을 신봉하고 있다.

"엄마, 모든 것이 시크릿처럼 되고 있어. 성적도 생각보다 좋게 나왔고, 학교 기숙사를 나와 새로 이사한 집은 정말 깨끗하고 맘에 들어. 내가 좋은 집 나타나라고 간절하게 원했거든. 거기에다 이번엔 예쁜 내 차도 생겼잖아!"

딸아이의 소망이 비록 이루어지지 않는다고 해도 지금 이 순간 꿈을 향한 그의 도전이 아름답다. 그래, 이 책에 나오는 구절처럼 '네가 생각하는 대로 네 인생이 만들어지는 거야.' 네 마음에 마법을 걸어!

그리움을 공유하는 가족이라는 이름 앞에

삶의 속살들을 적나라하게 내보이고도

부끄럽지 않은 그 이름들이 있어 행복했던 밤.

그 그립고도 먼

달려라 장 여사

　　　　　　　　　　　책상 서랍 속 작은 상자 안에 하얀색 봉투 하나가 있다. 빳빳한 오만 원권 20장과 서투른 글씨로 꾹꾹 눌러쓴 어머니의 짧은 편지다.

　　"학비에 보테 써라. 장하다 우리 딸, 내가 다 조야 되는 대……."

　　울컥, 눈시울 붉어지게 하는 어머니 심장 같은 그 돈을 여태 나는 쓰지 못하고 있다. 은밀하게 숨겨둔 비밀처럼 가끔 들여다만 볼 뿐.

　　어느 순간 삶이 너무 무료하다는 생각이 들었다. 톱니바퀴처

럼 꽉 물려 숨 쉴 틈 없이 돌아가는 내 생활 이면에 웅크려 있
던 허기 같은 것들이 꿈틀대기 시작했다. 가끔씩, 또는 자주,
가슴을 짓누르며 불쑥불쑥 찾아드는 공허감으로 나날의 일상
이 참을 수 없을 만큼 힘겨워졌을 때 대학원 진학을 결정했다.
딱히 어떤 목표가 있었던 건 아니었다. 그저 무탈하게 살아온
나 자신에 대한 선물 같은 것이랄까? 아니 어쩌면 그건 몇십 년
전부터 내 무의식 속에 잠재된 학문에 대한 욕망 같은 것이었
는지도 모를 일이다.

지팡이가 아니면 온전히 운신을 못 하는 87세의 어머니는
50이 넘어 대학원에 간다는 딸의 학비가 내심 걱정이었나 보
다. 지난겨울, 우리 세 자매가 어머니를 모시고 해운대 콘도에
서 며칠 묵게 됐을 때 누가 볼세라 재빨리 내 핸드백 속에 봉투
하나를 넣어주었다. 한사코 마다하는 내게 당신이 더 많은 것
을 못 해줘서 안쓰럽다는 듯 손사래를 쳤다.

어머니는 내게 줄 그 돈을 찾기 위해 거동이 불편한 몸을 이
끌고 마을금고까지 걸어갔을 터이다. 낙상이라도 할까 조심조
심 지팡이에 의지한 채 들숨날숨 가쁜 숨을 고르며 길가에 주
저앉아 몇 번을 쉬기도 했으리라. 창구 앞 낯익은 여직원에게
가서는 만면에 웃음을 띠며 이렇게 말했을 테지.

"우리 딸 등록금 줄라고, 새 돈으로 주이소."

　바닥이 가까워져 갈 당신의 통장 잔고에서 분신 같은 그 돈
을 나이 든 딸을 위해 찾을 때 어머니 심사는 어떠했을까?
　어머니 마흔세 살 때 아버지가 돌아가셨다. 살림밖에 몰랐던
어머니는 슬픔을 추스를 겨를도 없이 생선 행상을 나서야 했
다. 아버지 병원비로 거덜 난 가정 경제와 열두 살과 아홉 살인
나와 여동생을 중학교는 보내야 한다는 그 절박함에 어머니는
생선 행상을 나서야 했다. 새벽부터 생선이 가득 든 고무 함지
박을 머리에 이고 버스와 나룻배를 번갈아 타느라 종종걸음 쳤
던 그 인고의 세월을 견디면서도 딸들이 기죽을세라 남들보다
더 잘 입히고 거친 보리밥도 먹이지 않았다. 어디 그뿐이랴. 교
육열이 남달랐던 어머니는 돈도 없는 집에서 딸들한테 무슨 대
학교육이냐며 남들이 수군거릴 때도 억척스레 등록금을 마련
했고, 더욱이 동생이 대학에 갈 때는 고향 남해에서 부산으로
아예 이사를 하기까지 했다. 그렇게 하는 것이 마치 당신의 사
명인 것처럼.
　시험 기간에는 당신이 마치 학생이라도 된 양 안절부절못하
시며 각성제인 '타이밍'을 사 와서는 우리들이 밤새워 공부하길
바랐다. 각성제가 해롭다는 사실은 어머니에겐 중요한 일이 아

니었다. 그런 걸 따지기엔 절실했던 그 무엇이 있었고 또한 무지했다. 하지만 나는 그 약을 먹고도 꾸벅꾸벅 졸다가 타이밍 timing을 맞춘 것처럼 방바닥에 엎어져 잠들기 일쑤였으니…….

"너거 아배 돌아갔을 때 니하고 진경 엄마(여동생) 까막눈 맨들까 봐 내가 제일 걱정했다 아이가. 그런데 내가 이 나이에 딸들 덕으로 살 줄 어찌 알았겠노? 요즘은 사람들이 진경이 엄마 교수 하는 거 보고 딸들 잘 키웠다고 다들 부러워한다 아이가."

어쩌다 용돈이라도 조금 드릴라 치면 어머니는 예의 또 지난날을 이야기하며 흡족한 미소를 짓는다. 사람은 평생 배워야 한다며 일흔의 나이에 유치원생들이 하는 학습지로 한글과 한자를 배우던 어머니는 내가 대학원 공부를 하게 됐다는 말에 어찌나 좋아하던지…….

하지만 나는 안다. 비가 오거나 흐린 날이면 휴대폰 바탕화면에 저장된 큰아들 사진을 보며 어머니가 자주 운다는 것을. 남편같이 의지하던 아들이 쉰세 살 나이에 폐암으로 죽게 됐을 때 어머니는 전 재산을 털어 굿이라도 하려고 했다. 병원에선 손을 놓았지만 결코 포기할 수 없었던 그 단장의 심정을 우리가 어찌 헤아릴 수 있었으랴.

직장 생활을 하는 막내딸을 대신해 손녀와 손자를 돌보느라 젊을 때부터 딸네 집에서 사시는 어머니. 어머니는 외손들이 다 대학생이 되고 형편이 달라진 지금에도 호구지책에 대한 예전의 강박관념을 버리지 못한다. 집에 먹을 게 든든하게 없으면 불안하다며 쌀과 잡곡을 한 가마니씩 사두기도 하고, 생필품을 필요 이상으로 사재기 한다. 그러곤 한시도 쉬지 않고 끊임없이 무언가를 한다. 조금이라도 한가하면 마치 무슨 일이라도 생기는 것처럼…….

"남한테 공 걸 바라면 안 되는 기라. 내가 조금 손해 본 듯 살면 탈 없다."

어릴 적, 귀에 못이 박히도록 들었던 말이다. 젊은 시절, 그 힘든 풍랑의 세월을 의연하게 견뎌 온 어머니는 아무리 힘들어도 남에게 의탁해선 안 된다는 걸 몸으로 보여주고 있다. 오죽하면 자식들에게조차 행여 부담이 될세라 손수 수의를 장만하고 장례 보험까지 다 들어놓으셨을까.

어머니도 여자란 사실을 애써 외면하고 살았다. 새파랗게 젊은 나이에 홀로되신 어머니에게 행복은 자식들이 무탈하게 살아가는 거라고 막연히 생각했을 뿐이다. 자기 몸속에서 자라던 새끼들에게 몸을 다 파 먹히고 빈껍데기가 되어 생을 마감하는 다슬기처럼 자식을 위해 온 생을 다 바친 내 어머니 장채란 여사. 어쩌다 한 번이라도 안아드릴라 치면 삭정이 같은 몸에 왈칵 눈물이 쏟아진다.

어머니에게도 행복했던 봄날이 있었을까? 오늘따라 거친 질곡의 세월을 살아온 어머니 삶의 궤적들이 마치 어제처럼 생생하다. 지팡이를 집어던지고 옛날처럼 힘찬 달음질로 달리고 달려서, 어머니가 우리 집으로 올 수 있으면 얼마나 좋을까?

어머니 심장 같은 하얀 봉투를 가만히 만져본다. 어머니 따스한 체온이 손끝으로 전해오는 듯하다. 나는 어쩜, 아주 오랫동안 이 봉투 속의 돈을 쓰지 못할지도 모르겠다. 어머니 눈물 같은 이 소중한 사랑을.

아버지의 노래

깊은 밤, 한 음악 프로그램에서 가수 임태경이 〈바닷가에서〉란 노래를 부르고 있었다. 가수 안다성이 불러 크게 히트했던 오래된 노래를 편곡하여 특유의 감미로운 목소리로 열창하던 임태경. 그의 노래를 들으며 나는 불현듯 어릴 적 아버지 얼굴이 떠올랐다. 나와 동생을 양팔에 끼고 누워 이야기를 들려주시거나 간지럼을 태우기도 하면서 〈해운대 엘리지〉나 〈애수의 소야곡〉 같은 유행가를 자주 부르시던 50여 년 전 아버지 얼굴이.

어버이날에 아버지 선물을 정성스레 준비하는 이나 아버지 팔을 끼고 정답게 걸어가는 사람을 보면 그렇게 부러울 수가 없다. 나는 한 번도 아버지에게 선물을 하거나 꽃 한 송이도 달아드린 적이 없기 때문이다.

　내가 열한 살 때 40대 중반 아버지에게 위암 말기라는 청천 벽력 같은 진단이 내려졌다. 나는 너무 어려서 시한부 생명을 선고받은 아버지의 절박함을 이해할 수 없었다. 그 거역할 수 없는 현실을 아버진 어떻게 받아들였을까? 의료 기술이 낙후되었던 그 시절, 아버지는 장기려 박사가 원장으로 있던 부산 복음병원, 미국인이 원장이라는 전주 예수병원 등 전국에 유명하다는 병원은 다 찾아다녔지만 마지막엔 모르핀 주사에 의존할 수밖에 없는 처지가 되었다. 장작처럼 말라버려 팔베개조차 할 수 없었던 앙상했던 아버지 팔. 나와 어린 여동생이 눈에 밟혀 차마 눈을 감을 수도 없었을 거라는 아버지.

　아버지는 딸들에게는 한없이 자상했다. 그저 조신하고 여성 스럽게 살아가길 바라면서도 오빠들에겐 더 큰 꿈을 갖기를 바라며 남자다움을 강요했다. 오빠들이 조금만 잘못을 해도 "사 내자식이……!" 하면서 호통을 치셨다.

　중학교에 다니던 큰오빠가 전교회장 후보로 나섰을 때였다. 오빠가 친구들과 선거 운동을 하러 다니던 중에 갑자기 비가 오자 아버지는 어디선가 비닐우산을 한 아름 구해 오셨다. 그 러곤 선거 운동을 함께하던 오빠 친구들에게 나눠주시며 격려를 하셨다. 우리 동네에는 그런 우산을 파는 가게가 없었으므로 아버지는 아마도 면소재지에 있는 가게까지 달려가서 우산을 사 왔던 듯했다. 그 당시에는 입후보자들이 이 동네 저 동네를 돌아다니며 유세를 했는데 아버지 후원 덕분이었던지 오빠는 전교회장에 당선이 되었다.

"사흘 굶는 건 남이 몰라도 하루 헐벗는 건 남이 안다!"
"어디 다니면서 누구 집 새끼 소리 들으면 안 되는 기라. 누구 집 자식 소리 들어야 해!"

늘 단정한 차림새로 다녀야 하고 행동을 똑바로 해야 한다며 마지막 순간까지도 귀에 못이 박히도록 당부하시던 아버지. 죽음을 눈앞에 둔 아버지가 유언처럼 했던 그 말들은 어린 나에게 늘 멍에처럼 마음속에 각인이 되었다. 아버지 부재로 선머슴 같았던 나는 행동도 극히 조심스러워졌다. 그건 아마도 '에비 없는 자식' 소리를 들어서는 안 된다는 내 나름의 생활 변화였을 터이다.

스무 살 언니가 결혼식을 하던 날 새벽이었다. 잠결에 누군가의 흐느낌 소리에 잠이 깼는데 놀랍게도 울음의 장본인은 아버지였다. 아버지는 언니 손을 잡고 무슨 말인가를 하면서 꺼이꺼이 속으로 울음을 삼키고 있었다. 평소에 그렇게 당당했던 아버지 모습과는 상반된 그 상황에 너무 놀라 나는 차마 눈을 뜰 수가 없어서 일부러 깊은 잠에 빠진 척 돌아누웠다.

유난히 하얀 피부에 얼굴이 참 예뻤던 언니는 부산에서 세단을 타고 온 형부 덕분에 동네에선 시집 잘 간다고 소문이 났다. 모두들 그 결혼을 부러워했다. 그런데도 아버지는 어린 딸과의 이별이 안타까워 그 새벽 한 번도 보이지 않던 눈물을 보이셨다. 당시 겨우 아홉 살밖에 안 된 내가 아버지의 그 깊은 속을 어찌 알기나 했을까?

그 새벽, 애지중지 기른 첫딸을 시집보내는 아버지 울음의 의미는 무엇이었을까? 유난히 딸 바보였던 아버지가 무의식적으로 몇 년 후 자신의 죽음을 예상이라도 하셨던 걸까? 3년 후 아버지는 홀연히 세상을 떠나고 말았다. 아버지가 출장을 다녀오며 색동저고리를 사다주셨다며 언니는 딸을 향한 아버지의 그 무한한 사랑을 요즘도 이야기한다.

막상 결혼식이 시작되었을 때 언니 손을 잡고 당당하게 식장으로 들어가던 아버지 얼굴 어디에도 그날 새벽 눈물의 그림자는 찾아볼 수 없었다. 겉으론 아무 일 없었다는 듯 태연하던 아버지는 어쩌면 속으로 눈물을 삼키고 있었을지도 모를 일이다. 강인함 뒤에 감춰진 아버지의 여린 마음이 빛바랜 사진이 되어 슬며시 기억 속을 파고든다.

세월이 흘러 그때 아버지 나이보다 더 들어버린 나는 이젠 아버지란 이름 앞에서 아무런 감정의 동요조차 없다. 가끔 고향에 갈 때면 바다가 보이는 산 위에 홀로 덩그러니 남아 있는 아버지 산소에 소주 한 잔 부어놓고 젊은 아버지가 즐겨 부르던 노래들을 기억할 뿐이다.

해마다 5월이 되면 아버지께 따뜻한 밥 한 그릇도, 마음을 담은 선물 한 번도 못 해본 딸은 그저 가슴이 아릿하다. 어버이날 아침, 한 번이라도 아버지 가슴에 빨간 카네이션 한 송이 달아줄 수 있다면 원이 없겠다. 오늘따라 유난히 아버지가 부르던 노래가 그리워진다.

재봉틀

"파자마 보냈다. 여름 거 벗고 이걸로 갈
아입어라."

　택배 아저씨가 전해준 상자 속에는 어머니의 쪽지와 겨울용
천으로 만든 하늘색 파자마 네 벌이 보자기에 곱게 싸여 있었
다. 옷장 속에는 아직 한 번도 입지 않은 새 파자마가 몇 개나
더 있는데도 계절이 바뀔 때면 어머니는 또 손수 만든 잠옷을
식구 수대로 보내주신다. 자신의 몸도 제대로 운신하지 못하는
아흔세 살 어머니는 이것을 만드느라 얼마나 힘이 들었을까.
구입한 지 50년도 더 지난 낡은 재봉틀을 부여안고 몇 날 며칠
힘겹게 바느질을 했을 터이다.

이제는 부품조차 구하기 힘든 어머니의 분신 같은 재봉틀. 그 재봉틀을 보면 아픈 기억으로 남아 있는 어머니의 생애가 아릿하게 되살아난다.

　젊은 나이에 남편을 잃고 아홉 살, 열두 살이었던 어린 딸들 교육에 한평생을 바쳤던 우리 어머니. '차마' 중학교를 안 보낼 순 없어서, 중학교를 마치고 나니 또 고등학교까지는 보내야겠다는 생각에 어머니는 어떻게든 돈을 벌어야만 했다. '차마'라는 그 안타까운 말이 어머니에겐 멍에가 된 것이다. 새벽부터 일어나 이 마을 저 마을로 생선을 팔러 다닐 수밖에 없었던 인고의 세월들. 벼랑 끝에 위태위태하게 제 몸을 버티고 선 나무처럼 어머니는 지난한 삶을 살아내느라 얼마나 안간힘을 썼을까? 망망대해에 홀로 떠 있는 섬처럼 한없이 외롭기도 했을 것이다.

　동생이 부산에 있는 대학을 가게 되면서 어머니는 미련 없이 고향을 떠났다. 우리가 살던 정든 옛집을 팔고서였다. 고향을 떠나올 때 어머니는 재봉틀을 신주처럼 모시고 왔다. 40여 년 전 일이다. 학교를 졸업하고 외항선을 타게 된 큰오빠 덕분에 그즈음 어머니의 고생도 끝이 났다. 몇 년 후 우리는 버튼만 누르면 따뜻한 물이 콸콸 쏟아지는 맨션에서 살게 되었기 때문이다. 하지만 새 집으로 이사를 갈 때도 어머니는 그 낡은 재봉틀을 버리지 못했다. 자투리 천을 모아 밥상보를 만들거나 시골에 살 때 직접 짜두었던 삼베로 홑이불을 만들기도 했다. 세월의 무게만큼이나 어머니의 삶이 켜켜이 쌓여 있는 재봉틀. 오래된 동지처럼 재봉틀은 그렇게 어머니와 평생을 함께 늙어가고 있다.

어둠을 밝히는 것이 어디 불빛뿐이랴. 어머니는 우리들 앞날을 밝혀주던 등불이었다. 이른 새벽이면 부뚜막에 청수 한 사발을 떠 올리고는 매일같이 간절하게 기도를 드리던 어머니.

"우리 자슥들, 우쩌던지 아푸지 말고 공부 잘하게 해주시다."

하늘에 있는 신과 은밀하게 내통이라도 하듯 어머니는 연신 머리를 조아렸다. 그때만큼은 아무도 범접할 수 없을 정도로 기도는 절박했고 또 처연했다. 그 속수무책의 현실 앞에서 어머니가 기댈 것은 어쩜 기도밖에 없었는지도 몰랐다.

늦잠 자면 안 된다며 새벽같이 잠을 깨우던 무학無學의 우리 어머니. 시험 기간이 되면 마치 당신이 학생이라도 된 양 안절부절못했다. 어머니에게 절실했던 건 자식들이 어떻게든 장학금을 타서 학비를 조금이라도 줄여보자는 심사가 아니었을까? 그런 마음도 모른 채 나는 늘 벼락치기 공부로 어머니를 애타게 했다.

기나긴 세월, 슬픔의 분신마저 자식들에게 다 소진해버린 쇠락한 어머니가 침침한 눈으로 재봉틀을 돌린다. 마음이 울적할 때면 "찔레~꽃 붉게~에 피~이는 남쪽 나라 내 고~향~" 하고 구성지게 노래를 부르기도 하면서…….

어머니가 재봉틀로 파자마를 만드는 일은 살아가는 이유이자 삶의 희망일지도 모른다. 지인들이 인사차 왔다가 용돈이라도 조금 주면 어머니는 어김없이 미리 만들어둔 파자마로 답례를 한다. 아마도 어머니를 아는 지인들 중에 우리 어머니표 파자마를 입어보지 않은 이가 없지 싶다.

재봉틀을 돌리며 어머니는 무슨 생각을 하는 것일까. 고단했던 지난날과 잃어버린 청춘의 시간들을 그리워하는 건 아닐까?

"남한테 공 것 바라지 말고, 항상 내가 좀 손해 본 듯 살면 탈 없는 기라!"

수구초심이라 했던가. 연어가 회귀하듯, 어머니는 고향 이야기를 하며 지난날을 그리워한다. 당신이 불공을 드리러 다녔던 남해 금산 보리암을, 정월 대보름날 밤, 박 바가지에 촛불을 켜서 쌀과 동전을 넣어 바다 저 멀리로 띄워 보내며 자식들의 안녕을 기원했던 마을 앞 선창가를…….

　어머니에게 남아 있는 삶의 시간은 얼마쯤일까? 보자기에 싸인 파자마들을 보며 인생의 긴 강을 건너 온 어머니가 몇 해나 더 이것들을 만들 수 있을까 생각하다 울컥 눈시울이 뜨거워지고 말았다.

파자마 두 벌

　　　　　　　　살아온 세월만큼이나 묵은 것들이 많
다. 아흔 살 어머니가 사는 방, 켜켜이 쌓인 연륜들이 두서도
없이 쟁여져 있다. 몇 년 전만 해도 다 쓸 수 있는 것들이라며
한사코 만류하더니 당신의 생을 정리라도 하려는 듯 철 따라
입을 옷 세 벌씩만 남기고 다 버려달라고 한다. 옷장 속에는
20년도 더 지난 코트부터 며느리가 혼수로 해온 명주솜 이불
까지 어머니 삶의 이력들이 저마다 사연을 안고 모습을 드러냈
다. 버려야 할 것들이 남길 것보다 더 많았다.

　　재활용 박스에 넣을 것들을 밖에 내놓고 꺼내놓았던 옷들을
다시 정리하는데 장롱 깊숙이 상자 하나가 보였다. 상자 안
에는 어머니가 손수 마련해둔 수의가 황금색 양단 보자기에 정

성스럽게 싸여져 있었다. 어머니는 10여 년 전에 이미 당신이 손수 짠 삼베로 수의를 만들어놓으셨다. 햇볕이라도 좀 쏘일 양으로 보자기를 풀었는데 속에는 수의와 함께 남자용 파자마 두 벌이 들어 있었다. 인견으로 만든 여름용과 융으로 만든 겨울용이었다.

"엄마, 왜 파자마를 여기다 넣어뒀어? 밖에 꺼내놓을게."
"아이다! 마 내가 쓸 데가 있어 그런다."

어머니는 나쁜 일을 하다 들킨 사람처럼 황급히 그 파자마를 빼앗았다.

아흔 살의 어머니는 요즘도 침침한 눈으로 바느질을 한다. 50년도 더 지난, 이제는 부품조차 구하기 힘든 낡은 재봉틀로 자식들이 입을 파자마를 만든다. 무딘 손끝으로 힘겹게 재봉틀을 돌리다 보니 하나를 만드는 데 몇 시간이 걸릴 때도 있다. 그런데도 바느질을 멈추지 못하는 어머니 심사는 무엇일까? 이젠 그만 만들라고 하면 '이번이 마지막'이라고 한 게 벌써 수년째다.

17년 전, 큰오빠가 폐암으로 돌아가셨다. 발병한 지 8개월 만이었다. 평소에 워낙 건강했던 데다 6개월 전에 한 종합검진에서도 아무 이상이 없었던 오빠의 죽음은 어머니에겐 하늘이 내려앉는 것보다 더한 청천벽력이었다. 병원에서 불과 몇 달의 시한부란 얘기를 했을 때 의사가 못 하면 무당이라도 불러서 아들을 살려야 한다며 반 실성한 모습이었다. 자식들을 위한 일이라면 그곳이 지옥불일지라도 뛰어들 듯 살았던 어머니가 자식을 앞세운 그 참척의 고통을 어찌 이겨낼 수 있었을까? 어머니는 잇몸에 구멍이 뚫리고 이가 다 내려앉아버렸다. 병원에서는 스트레스 때문이라고 했다.

아버지가 돌아가셨을 때 나는 초등학교 5학년, 동생은 3학년이었다. 어머니는 나와 여동생을 중학교에 못 보낼까 봐 그게 가장 마음에 걸렸다고 했다. 나와 동생이 이만한 학력을 갖게 된 데는 어머니의 힘겨운 뒷바라지와 언니 오빠들의 희생이 참 컸다. 우리를 그렇게 공부시키면서도 어머니는 무학에 한글도 겨우 읽던 촌부였다.

오빠는 동생들 학비 때문에 돈을 많이 벌 수 있는 외항선을 탔다. 대신 자신의 꿈을 버렸다. 우리들 학비를 대느라 결혼도 서른을 한참 넘기고서야 했다. 당시 시골에서 여자아이들을 대학에 보내는 집은 별로 없었다. 그런데도 오빠는 항상 나와 동생에게 별 탈 없이 살아주어서 고맙다며 대견해했다. 그런 오빠가 쉰세 살에 갑자기 운명을 달리하고 말았다.

어머니가 만든 파자마가 수백 장도 넘지 싶다. 자식들뿐 아니라 명절 같은 때 조카들이 와서 용돈이라도 조금 주면 절대 공으로는 못 받는다며 파자마를 만들어주기 시작한 게 수십 년이 넘었다. 그렇게 많은 파자마를 만들면서도 정작 당신 아들에게는 입힐 수조차 없는 그 심정이 오죽했을까? 어머니는 큰아들 몫으로 파자마 두 벌을 만들어 수의와 함께 싸두었다고 했다. 그 파자마를 만들면서 어머니는 또 얼마나 많은 눈물을 흘렸을까?

오랜 세월이 흘렀는데도 어머니 휴대폰 바탕화면에는 큰오빠 사진이 저장되어 있다. 비가 오는 날이면 그 사진을 보며 저세상으로 간 아들을 그리워한다. 이른 새벽이면 하루도 빠짐없이 청수 한 사발을 떠올리고 매일같이 간절하게 기도를 올리는 우리 어머니.

"야야, 아아들 공부 그거 너무 마이 시키지 마라. 대학 좀 안좋은 데 가몬 어떻노. 니 오빠가 공부를 좀 잘했나. 그런데도 예순 살도 못 살고 저래 가버렸다 아이가."

세월은 어머니 기억을 야금야금 훔쳐가고 있다. 손자 손녀가 첫 월급을 받아 예쁜 옷을 사주고 명절엔 용돈도 줬다며 동네

방네 자랑이더니 며칠 전에는 느닷없이 아이들이 학교에 갔느냐며 안부를 물었다.

방과 거실에 있던 잡동사니들도 다 버리고 나니 갓 이발한 동자승 머리처럼 방 안이 정갈해졌다. 긴장이 풀리셨는지 잠시 자리에 누웠던 어머니가 까무룩 잠이 들었다. 가늘게 코까지 골면서 "아야, 아야" 앓는 소리를 낸다. 절박했던 생의 막다른 골목에서 어머니는 얼마나 많은 위기의 순간을 맞고 또 가슴을 졸였을까? 남아 있을 어머니 생체 시계가 드디게, 드디게 돌아가기를 나는 간절히 바라고 있다.

그 그립고도 먼

　　마음이 스산해질 때면 가슴 깊이 새겨 둔 그리움 한 자락 길어 올릴 일이다. 따뜻했던 유년의 기억들이 서서히 몸을 데울 동안 과거와 현재의 경계가 허물어지며 가슴 속엔 온기가 스며들리라.

　　며칠 뒤면 추석이다. 올해도 여전히 정체된 귀성길로 몸살을 앓겠지만 그럼에도 불구하고 고향을 찾는 사람들의 행렬은 꼬리에 꼬리를 물 것이다. 연어가 회귀하듯, 속도에 매몰된 현대인의 의식을 지배하는 건 아직도 농경시대의 전통적 가치관이 배어 있기 때문이 아닐까?

　　누구랄 것도 없이 가난이 묻어나던 시절, 그래도 해마다 추석이면 작은방 아랫목엔 밀주 금지령으로 감춰놓은 항아리에서 술 익는 냄새가 은밀하게 흘러나왔다. 하얀 고두밥에 누룩을 섞어 정성스레 술을 빚던 어머니는 누가 볼세라 낡은 이불로 술 항아리를 꼭꼭 덮어두고는 먼 기억 속의 첫사랑을 기다리듯 술이 익기를 기다렸다. 밤이면 마을 타작마당엔 가설무대가 만들어졌고 휘영청 밝은 달빛 아래 이른 저녁을 먹은 마을 사람들이 삼삼오오 모여들기 시작했다. 남진과 나훈아, 이미자가 울고 갈 동네 가수들의 열창 무대인 '콩쿨 대회'가 열리기 때문이다. 무대에 선 이들은 저마다의 실력을 뽐내며 어설픈 기타리스트의 반주에 맞춰 신나게 몸을 흔들며 목청 돋워 노래를 불렀다. 삶에 지친 고단한 인생들이 모두가 하나 되어 열광했던 추석날 밤. 텔레비전도 없고 라디오마저 귀했던 시절이라 콩쿨 대회는 모두가 기다리던 마을 축제였다.

나와 열한 살 나이 차이가 나는 언니는 콩쿨 대회 단골 가수였다. 〈동숙의 노래〉나 〈섬마을 선생〉을 구성지게 잘 불러 참가만 하면 노다지 1등을 차지했다. 상품으로 받은 물건들을 들고 온 식구가 콧노래를 부르며 집으로 오던 그 밤길이 아련히 기억 저편에서 슬며시 고개를 들고 있다.

언니의 노래 실력은 결혼을 한 후에도 이어졌다. 부산남해향우회 노래자랑에서 대상을 차지하며 고향 사람들 사이에 순식간에 '노래 잘하는 사람'으로 회자되기도 했다. 부상으로 받은

25인치 텔레비전을 그 자리에서 형부 고향 마을 경로당에 기증하는 바람에 엄마한테 한동안 잔소리를 듣기도 했지만……. 25인치 텔레비전이 막 나오기 시작할 무렵이었다.

추석은 식구들이 모여 그저 함께하는 것만으로도 좋았다. 그리움을 공유하는 가족이라는 이름 앞에 삶의 속살들을 적나라하게 내보이고도 부끄럽지 않은 그 이름들이 있어 행복했던 밤. 이젠 그 그립고도 먼 정겨운 시절들도 다 지나가고 고향엔 연로한 어른들만 덩그러니 남아 근근이 마을을 지키고 있다. 이번 추석엔 아버지 산소에 가서 한껏 어리광이라도 부려봐야겠다.

발렌타인 30

 갑자기 현관 밖이 소란스러워졌다.

"여보, 여보! 박 여사, 박 여사!"

아이들도 나가고 남편도 없는 토요일 늦은 오후, 거실 소파에 누워 한가로이 공상에 빠져 있던 박 여사는 용수철보다 빠르게 몸을 일으켰다. 문을 발로 차기까지 하며 급하게 자신을 불러대는 남자를 향해 홱 하고 문을 열어젖혔다. 평소엔 경상도 남자 특유의 '아는? 먹자, 자자.' 이 세 마디 정도밖에 안 하는 위인이 술만 취하면 그놈의 '여보'니 '사랑'이니 하는 말을 남발하는 바람에 민망한 꼴을 서너 번 당한 후 몇 번이나 금주령을 내렸으나 그의 '주님 사랑'은 식을 줄 몰랐다.

"아니, 동네 창피한 줄도 모르고!"

말은 그렇게 했지만 일순 박 여사 표정이 누그러졌다. '재경 ○○초등학교 동창회 체육대회 기념'이란 글자가 새겨진 타월부터 죽방멸치, 멸치 액젓, 실크 넥타이 등을 잔뜩 담은 종이백 세 개를 들고 엉거주춤 서 있는 남자를 보고서였다. 가끔 고향 향우회에 참석할 때면 성공한 향우들이 기부한 선물들로 입이 귀에 걸렸던 것처럼 ○○초등학교 동창회 역시 자랑스런 선배들이 베푼 은혜들로 가득했다.

'양손 가득 물건을 들었으니 어떻게 벨을 누르겠어. 문을 발로 찰 수도 있지. 그럼, 그럼, 손이 세 개도 아니고…….'

도끼눈을 했던 좀 전의 표정은 어느새 사라지고 박 여사는 남자가 전리품처럼 들고 온 물건을 정리하느라 손가락이 빨라졌다. 속이 부글부글 끓는 것 같으면서도 입가에는 배시시 웃음이 묻어나왔다. 그런데 그 많은 물건들 틈에서 단연 돋보이는 것이 있었으니 그것은 '대상'이란 리본을 달고 있는 '발렌타인 30'이었다. 의아해하는 박 여사를 향해 남자는 세상없이 행복한 표정으로 무용담을 늘어놓기 시작했다. 사연을 듣는 박 여사 눈이 놀란 토끼 눈보다 더 커졌다. 죽었다가 깨어나도, 돌아가신 아버지가 살아 돌아온다 해도 도저히 믿을 수 없는 황당한 말을 남자가 하고 있었기 때문이었다.

체육대회 마지막 프로그램이 노래자랑이었는데 자신이 대상을 받았다는 거였다. 기가 막히고 코가 막힐 일이었다. 박 여사는 결혼 생활 20년이 되도록 남자가 노래 하나를 끝까지 부르는 걸 단 한 번도 보지 못했기 때문이다. 그럴 정도니 그가 저런 상품을 탈 위인이 못 된다는 걸 너무나 잘 알고 있던 터였다. 그런데, 그런데, '대상' 리본을 척 하니 단 발렌타인 30이 눈앞에 딱 버티고 있으니. 거기에다 본인이 꾸역꾸역 자기가 탄 상이 맞다며 열변을 토하고 있는 걸 딱히 반박할 구실도 없었다. 아무리 생각해도 이 고가의 양주가 어떻게 해서 여기까지 오게 됐는지 상상이 되지 않았다.

'혹시 다른 사람 걸 잘못 가져왔나?'

모자란 두뇌로 이리저리 머리를 굴리던 박 여사는 어쩌면 저 남자처럼 숫된 위인이 또 있어 자기가 탄 상품을 강탈당했을지도 모른다는 생각에 이르렀다. 박 여사가 그렇게 생각하는 데는 15년 전에 있었던 그 일 때문이었다.

남자가 다니던 회사에서는 해마다 바둑대회를 했는데 그가 2년 연속 우승을 한 적이 있었다. 남자가 30대 초반 때였다. 우승자에겐 상금과 함께 고가의 바둑판이 부상으로 주어졌는데 2년 차에도 남자는 또 결승까지 오르는 기염을 토하고 말았다.

그때부터 상사의 응원이 시작되었다고 했다. 컨디션이 좋아야 한다며 비싼 한우를 사주고, 부서의 자랑이라며 온갖 미사여구로 남자 기를 살리기에 바빴다. 그렇게 공을 들인 상사의 요구는 가볍게 딱 한 가지, "이번에 우승하면 바둑판 나 달라!"였다. 아무리 아마추어들의 시합이긴 하지만 준결승부터는 자칭 타칭 고수들의 대결이 아닌가? 거기에다 전년도 우승자는 상대에게 다섯 점을 깔아주고 하는 대국이었으니. 당연히 우승을 못할 거라 생각한 남자는 이것저것 생각도 안 하고 덜컥 "예"라고 말해버렸는데 또 우승을 해버린 것이다.

오호 통재라, 오호 애재라. 이제까지 굳건히 지켜온 남아일언중천금을 파기할 수도 없고. 남자는 자신의 가벼운 입을 쥐어박기도 해보았으나 이미 기차는 떠나버린 터, 백주 대낮에 공식적으로 바둑판을 강탈당한 꼴이 되었다. 그런데 그 바둑판이 전년도에 받은 것보다 훨씬 더 고급이란 데 있었다. 상사에게 바둑판 값보다 더한 술과 밥을 얻어먹고도 남자는 한동안 배가 아파 두고두고 가슴 쓰려 했으니⋯⋯. 박 여사는 이 양주도 아마 남자 꼬임에 넘어간 어떤 위인이 엉겁결에 준 것일 거라고 단정했다.

아이들이 초등학교에 다닐 때는 애들 성화에 못 이겨 가끔 노래방 출입을 하던 때가 있었다. 그때도 그는 한 번도 노래를 부르는 법이 없었다. 신이 난 아이들이 엉덩이를 흔들며 김건모의 노래를 "싸바싸바~" 하며 불러댈 때도 경이로운 눈으로 바라보기만 할 뿐 결코 노래를 부르는 법이 없었다.

딸아이가 초등학교 2학년 때 쓴 일기에는 이런 구절이 나온다. "아빠는 오케스트라가 있는 큰 무대가 아니면 노래를 부르지 않는다고 했다. 하지만 그건 거짓말 같다. 아빠는 부끄러워서 노래를 부르지 않았을 거다. 하지만 참 신나는 하루였다." 이럴 정도였으니…….

박 여사는 그가 지독한 음치에 박치라는 사실을 결혼하고 한참 후에야 알게 되었다. 결혼할 당시에는 노래방 문화가 없었던 때라 특별히 노래를 할 일이 없었으므로 그가 음치라는 사실은 발각되지 않았다. 그런데 몇 년 후부터 온 나라에 노래방 열풍이 불면서 모임만 했다 하면 '밥 먹고 노래방'이 공식 코스처럼 되면서 남자에게 고난의 역사가 시작되었다. 당시에만 해도 동창회나 부부 동반 모임 후에는 노래방에 가서 노는 게 보편적인 문화였는데 그럴 때면 박 여사는 여간 곤혹스러운 게 아니었다. 남들이 멋들어지게 노래를 부르고 춤을 출 때 혼자서 홀짝홀짝 맥주만 마시던 그가 반만 취할 때쯤이면 느닷없이 "발길을 돌리려고 바람 부는 대로 걸어도~" 하면서 땡고함을 질러댔는데 그때도 끝까지 노래를 다 부르는 건 아니었다.

'어이구, 저 인간을 증말!'

노래방 문화의 확산으로 온 국민이 다 '가수'가 된 마당에 어쩌자고 끝까지 부르는 노래 하나 없느냐며, 음치 탈출을 위한 극단의 조치를 해보자며 아무리 구슬려도 그는 줏대 있는(?) 이씨 가문 장손답게 독야청청 의지를 굽히지 않았다. 이 정도 음치면 결혼 결격 사유인데 사실을 숨겼으니 이건 엄연히 사기 결혼이며, 조선시대 같았으면 소박을 맞아도 열두 번은 더 맞았을 사안이다. 그런데도 내 마음이 하해와 같아 참아준다는 등 아무리 구박을 해도 꿈쩍도 하지 않았다. 오히려 능글능글 박 여사 약을 올리기 일쑤였다.

"여보, 그런데 말이야. 소박은 여자가 맞는 거 아니야?"

"아니! 맨날 술만 먹으니 문화 바뀐 것도 모르지? 소박은 당신 같은 남자가 당하는 거라구! 바뀐 게 언젠데…….'

아무리 생각해도 이건 뭔가 주최 측 농간이 있었을 거란 확신으로 더 추궁해보았으나 남자는 꿋꿋하게 자기 실력으로 탄 상품이라며 끝내 실토를 하지 않았다.

한참이나 남자를 회유하던 박 여사는 마지못해 대상을 인정하고는 여기저기로 전화를 돌리기 시작했다. 제일 먼저 전화를 건 사람은 부부가 주말이면 붙어살다시피 하는 술친구, 여행 친구 P에게였다. 다음 주말에 우리 집에 오면 멋진 술과 안주가 기다릴 테니 축하해주라며 너스레를 떨었다. 내숭녀 박여사는 남자의 대상 수상에 살짝 맛이 가서는 꽁꽁 숨겨두었던 푼수끼를 내보이며 깨방정을 떨고 있었다. 그런데 P의 반응이 문제였다. 자신이 고등학교 1학년 때부터 30여 년간 보아왔지만 ○○이가 노래로 상을 탔다는 건 도저히 말이 안 된다며 거짓말하지 말라는 거였다. 거기에다 덧붙이기를 만약에 상을 받았다면 그건 무슨 야로가 있었을 거라며 확신에 찬 어조로 말했다. 아니, 야로라니! 장관에, 차관에, 판검사까지 배출한 대○○초등학교 자랑스런 선배들은 결코, 절대로, 사사로운 감정으로 상을 주진 않았을 것이며, 나는 태어나서 한 번도 거짓말을 해보지 않았다고 박 여사는 태연히 거짓말을 이어나갔다. 남자의 동생들 반응도 마찬가지였다. "아니, 오빠가?", "설마 형님이?"였으니……

"짜식들, 저그들이 대상을 받아보기나 했냐고?"

눈이 반쯤 감긴 남자가 살짝 거드름까지 피우며 의기양양 이야기를 이어가는데 부부가 쌍으로 푼수를 떠는 꼴이 가관도 아니었다. 이제 박 여사는 마지막 보루인 남자의 어머니한테로 전화를 돌려 들뜬 목소리로 장남의 대상 소식을 전하며 자랑질을 해댔다.

"그럴 리가 있을라꼬? 교과서를 통째로 외웠으면 외웠지 노래 가사는 끝까지 못 외운다는 사람이……."

'에구~ 이노무 남자가 얼마나 음치였으면 자기 엄마까지 이런 반응인 것이야?'

저녁에 집에 들어온 대학생 아들은 도저히 믿을 수 없다는 표정으로 도대체 아빠가 무슨 노래로 상을 탔느냐며 추궁을 했다. 아침에 출근하면 업무 시작 전에 음악을 틀어놓고 체조를 하는데, 그때 들었던 "황진이~ 황진이~ 황진이~" 하는 노래를 노래방 기계 자막을 보면서 어찌어찌 불렀다고 남자는 짐짓 근엄하게 말했다. 아들이 킥킥거리며 아빠가 상을 탄 걸 보면 밴드 연주 소리가 너무 시끄러워서 심사위원들이 노래를 잘 못 들었거나 다들 술에 취해 대충 상을 준 것 같다며 실실 웃기 시작했다.

"인마, 니 대상 한 번 받아봤어? 대상도 못 받아본 놈이 까불고 있어!"

그렇게 일 년이 지났다. 동창회 체육대회 날이 가까워오자 남자는 여기 저기 초등학교 동창들에게 전화를 넣기 시작했다. 재경 초등 동창회 참석률이 저조하니 우리처럼 젊은 40대가 활성화를 시켜야 한다는 둥, 40대 기수론이 어쩌고, 저쩌고, 반 애원조로 친구들을 꼬드기고 있었다.

동창회 체육대회 날, 남자는 말짱한 얼굴로 집으로 들어섰다. 여자 선배가 "아이구, 그 노래 잘하는 후배 아이가?" 하면서 반색을 하는 바람에 ×팔려서 죽을 뻔했다며 작년 일을 실토하는데 전말은 이러했다. 작년에 친한 친구 삼촌이 동창회 회장이 됐는데 조카한테 반 강제로 동창회 참여를 명령했다 한다. 그러다 보니 친구들 몇이 의리상 마지못해 소 장에 끌려가듯 처음으로 참석했던 터였다. 젊은 후배들 참여에 고무된 대선배들이 음정 박자 이런 것 다 무시하고 '그냥' 귀여운(?) 40대 후반 후배에게 몰표를 몰아준 것이었다는. 대신 내년에 25회 출신 열 명 이상 참석 안 하면 대상을 박탈한다고 살짝 엄포를 놓았다는 것!

어찌됐거나 남자는 로또 복권 당첨보다 더 불가사의하게 노래자랑 대상을 거머쥐면서 이씨 가문 장손의 위엄이 서는 대

사건이 되었다. 해마다 재경 ○○초등학교 동창회 체육대회 날이 되면 남자는 아침부터 달려가 온갖 심부름과 치다꺼리를 하면서도 그 모든 것이 고등학교 때 짜장면 내기 반 대항 축구대회 때부터 섬겨 온 주님의 은총 덕이었다고 믿어 마지않았다.

세월이 흘러 이제 흰머리가 희끗해진 박 여사는 장식장 한편에 놓인 발렌타인 30을 보며 40대 팔팔했던 그때가 참 좋은 시절이었다며 희미하게 미소를 짓고 있다. 남자가 가보처럼 여겨 온 저 양주를 언제쯤 개봉할지 자못 궁금해하면서……

다시 만날 때까지

봄비가 막 그친 새벽을 달려 강원도 여행길에 나선 휴일. 설악산, 인제, 화진포해수욕장을 거쳐 남북분단의 아픔을 간직한 고성 통일전망대 앞에 섰다. 망원경 속으로 보이는 금강산과 해금강 모습이 손에 잡힐 듯 지척이다. 눈앞에 보이는 저 가까운 거리를 자유롭게 걸어갈 수는 없는 것일까? 산하를 지키는 저 바다는 말없이 묵묵하고 허공을 선회하던 곤줄박이 한 마리는 짙푸른 녹음 속으로 재빨리 사라진다. 전망대 안을 꽉 채운 관광객들, 저들은 이곳에서 무엇을 생각하는 것일까?

문득 한 달 전 94세로 세상을 뜬 지인이 생각났다. 그녀는 북에 두고 온 어머니와 동생들을 한평생 그리다가 끝내 눈을 감았다. 그녀는 죽어서라도 고향 땅을 밟았을까? 새들처럼 경계 없이 날아서 꿈에도 그리던 혈육들을 만난 것일까?

맏이였던 그녀는 결혼을 하여 서울에서 신혼살림을 하고 있던 중에 6·25가 터지는 바람에 가족과 생이별을 했다. 그 이별이 60여 년이 넘는 긴 세월로 이어져 영영 만나지 못하게 될 줄을 꿈에라도 생각했을까? 눈을 감을 때까지도 애끓는 그리움으로 북한에 있는 형제들을 그리워했던 그녀는 이산가족 상봉이 있을 때마다 상봉 신청을 했지만 번번이 성사가 되지 않아 절망했다. 당신의 아들들과 딸이 남한에서 명문대를 나와 소설가로, 대학 교수로 성공을 거두며 행복한 가정을 꾸리고 살았지만 혈육을 그리는 그 애끓는 심정이 어디 한순간에 사라질 수 있었겠는가? 그녀 같은 이산가족들의 눈물을 닦아줄 대책은 정녕 없는 것일까?

통일전망대를 내려와 DMZ 박물관으로 발걸음을 옮겼다. 우리나라 최북단에 위치한 세계 유일의 DMZ 박물관. 박물관 입구에 죽 늘어선 깃발들은 '평화와 생명의 땅 DMZ 60년'이란 글귀를 달고, 평화를 갈구하듯 애타게 펄럭이고 있다. 전시장엔 주인 잃은 녹슨 철모와 치열했던 전쟁 상흔이 남아 있는 탄환들, 통일에 대한 염원을 담아 소망의 엽서를 걸어 만든 평화의 나무, 북한 주민이 탈북할 때 타고 왔다던 목선 등 어느 것 하나도 아픈 사연을 간직하지 않은 것이 없다.

특히 국군 제7사단 5연대 소속으로 6·25전쟁 중 36세의 나이에 전사한 고 임춘수 소령의 유품은 유난히 더 눈길을 끌었다. 애틋한 사연을 담아 아내에게 보낸 육필 편지와, 전사하는 순간까지 가슴에 품고 있었다던 가족사진. 머루알같이 똘망한 눈망울을 가진 네 아이와 부부의 단란한 모습이 애틋하다.

그는 꿈에서라도 식구들을 차에 태우고 강릉 경포대를 구경시켜주고 싶다고 편지에 썼다. 그는 그 편지를 쓰면서 얼마나 애절한 마음이었을까? 가족과 목숨을 건 이별을 하리라고 예상이나 했을까? 그의 편지 글귀처럼 아내와 어린 네 남매를 두고 대한민국의 거름이 되어 스러져간 젊은 그의 모습에 마음이 숙연해진다.

전시실 3층에 있는 휴게실에 앉아 차 한 잔을 마시고 '비무장지대 철책 걷기 체험장'으로 발길을 옮겼다. 2009년까지 동부전선 남방 한계선으로 실제 사용되던 걸 옮겨왔다는 구형 철책이 길 양옆으로 길게 죽 늘어서 있다. 남과 북을 경계 지었던 이 철책이 걷히는 날은 언제일까. 베를린 장벽이 무너지듯 어느 순간 이 철책들이 사라져 남과 북이 자유롭게 왕래할 수 있다면 얼마나 좋을까?

철책 길을 지나면 금계화와 벌노랑이 노란 군락지가 끝없이 펼쳐진다. 벌노랑이 꽃말이 '다시 만날 때까지'라고 했던가. 그 꽃말처럼 남북으로 헤어진 이산가족들이 꿈에도 그리던 혈육을 다시 만날 수 있기를 간절히 염원한다. 이제는 늙어서 고령이 된 그들 삶이 얼마 남지 않았는데…….

강원도 여행을 마치고 돌아오는 길, 길가에 핀 풀 한 포기도 예사롭지 않다. 바람도 흔적을 지우고 소리 없이 사라진다. 아직 아물지 않은 상처를 간직한 이산가족들 염원이 이미 낡아버린 유행처럼 퇴색되지 않기를 작은 기도로 손을 모은다. 구름 한 점 없는 하늘이 유난히 맑다.

신선도 쉬었다 가는 보물섬 남해

까마득한 기암절벽 끄트머리, 아슬아슬 홀로 앉아 세월을 낚고 있는 저 오래된 암자 하나. 세상 모든 시름 오롯이 감싸 안은 채 묵묵히 기대 선 저 말없는 미소. 내 어린 날 기억 속에서 소금기 가득 머금은 추억들이 거침없이 속살을 내보이는 남해 금산 보리암.

원효대사가 창건한 이 암자에서 이성계가 백일기도를 하고 조선왕조를 열었다는 전설 때문일까. 강원도 낙산사 홍련암, 강화도 보문사와 함께 우리나라 3대 기도처 중 하나인 이곳엔 큰 뜻을 품고 소원을 빌러 오는 사람들 발길이 끊이지 않는다.

이성계가 이곳에서 치성을 드린 후 뜻대로 나라를 세우면 산 전체에 비단을 깔아주겠다고 약속했다는 금산. 그러나 그는 조선 건국 후 비단 대신 '비단 금錦' 자를 넣어 원래 보광산이었던 이 산 이름을 금산으로 바꿔주며 은혜에 보답했다고 한다.

초등학교 6학년 때, 20리도 넘는 길을 걸어 걸어서 소풍 갔던 남해 금산을 37년 만에 찾았다. 먼지 폴폴 나는 신작로를 지나 굽이굽이 산길을 열세 살짜리 아이들은 힘든 줄도 모르고 올라갔다. 시간에 쫓겨 정작 금산 구경은 제대로 하지도 못한 채 도시락만 먹고 곧바로 돌아섰는데도 금산은 꼭 한 번은 가보고 싶은 소풍 코스였다. 그래서인가. 열일곱 살 때 고향을 떠난 내 기억 속엔 언제나 아련한 파도 소리와 함께 금산이 있다.

천혜의 자연 경관을 자랑하는 내 고향 남해는 섬 전체가 아름다운 휴양지다. 한 폭의 수채화 같은 바다를 바라보며 드라이브를 즐길 수 있는 남해의 나폴리 물미 해안. 태풍과 염해로부터 마을을 지켜주고 고기를 모이게 하는 천연기념물 150호 물건방조어부림. 작은 섬들이 바다를 호수처럼 감싼 상주은모래비치. 이 해수욕장은 해운대, 대천과 함께 우리나라 3대 해수욕장 중 하나로 여름 한철에만 100만여 명의 관광객이 찾는 곳으로도 유명하다.

가파른 산을 개간한 척박한 땅에 계단식 논을 일궈 연명하던 사람들의 땀과 애환이 애잔하게 묻어나는 가천 다랭이논과 건설교통부가 선정한 우리나라에서 가장 아름다운 길 창선·삼천포 대교 등, 어느 것 하나 그냥 지나칠 곳이 없다.

그중에서도 바다를 병풍 삼아 들어선 독일식 집들이 이국적 분위기를 자아내는 '독일 마을'은 마치 동화 속으로 여행을 온 듯한 착각에 빠지게 한다. 그런데 이 아름다운 마을이 1960년 대 외화벌이를 위해 독일로 파견되었던 간호사와 광부들의 삶의 터전이라니? 가난한 나라 산업 역군이었던 그들이 마지막 여생을 보내기 위해 독일인 배우자와 함께 정착한 이곳은 이국적인 정취 때문에 영화와 드라마 촬영지로도 유명하다.

남해는 원래 유배지로 한이 서린 땅이다. 유배객들은 권력과 부귀영화를 잃은 채 절망적인 삶을 살면서도 문학과 예술을 꽃피웠다. 조선 4대 서예가로 꼽히는 자암 김구는 기묘사화 때 이곳으로 귀양 와 남해를 '한 점 신선의 섬-點仙島'이라 예찬하며 「화전별곡」 등 70여 수의 시를 남겼다. 서포 김만중은 숙종의 기사환국 때 남해로 유배되어 가극안치加棘安置 형벌을 받으면서도 불후의 명작 『사씨남정기』를 썼다. 숙종 때 영의정을 지낸 약천 남구만 또한 이곳에서 귀양살이를 하며 많은 시를 남겼다.

남해는 볼거리와 함께 먹을거리도 많다. 해풍을 먹고 자라 칼륨과 칼슘의 함량이 매우 높아 그 우수성을 인정받은 남해 마늘, 비타민 C가 다른 곳에서 생산된 것보다 두 배 가까이 높다는 유난히 진한 향기를 자랑하는 유자 등, 그중 백미는 단연 죽방멸치가 아닐까?

청정 해역인 이곳 죽방렴에서 잡은 멸치는 비늘 하나 다치지 않고 신선함을 유지한다. 이 때문에 특 상품은 비쌀 때는 1킬로그램에 100만 원을 호가하지만, 그럼에도 없어서 못 파는 명품이다. 동향에 동갑인 우리 부부가 지금까지 충치가 하나도 없는 건 칼슘이 풍부한 이 죽방멸치를 질리도록 먹은 덕분이 아닐까. 변변한 먹거리가 없었던 그 시절, 도시락 반찬은 늘 멸치볶음 아니면 마늘종 장아찌였으니……. 나는 그때 왜 그렇게 멸치볶음이 싫었던 것일까. 지금 생각하니 그때 먹었던 해산물들이 최상의 무공해 명품 먹거리였다.

금산의 정기를 받아서일까, 아님 섬사람 특유의 강한 끈질김 때문일까? 고립과 단절의 유배지였던 이 외로운 섬마을 출신 중엔 이름만 대면 금방 알 수 있는 유명한 법조인이나 정치가들, 문화예술계 인재가 유난히 많다. 서울에서 그분들을 만나면 남해 출신의 그 끈끈한 정과 결속력이 강한 사투리 속에서 정겨움으로 되살아난다.

대도시의 현기증 나는 삶에 지친 사람이라면 남해 '바래길'을 느리게 걸으며 자신을 되돌아볼 일이다. '바래'란 소쿠리와 호미를 들고 갯벌로 나가 해산물을 채취하러 다니는 것을 말하는 남해 사투리인데 삶의 터전이었던 이곳을 트레킹 코스로 만든 것이 바래길이다. 바래길은 명승 15호인 가천 다랭이마을과 명승 71호 죽방렴, 명승 39호 금산 등 명승지를 세 곳이나 지나는 최고의 해변 길이다. 남해의 아름다운 자연과 삶을 고스란히 간직한 이 길을 걸으며 절경을 감상하다 보면 김만중의 소설『구운몽』에서 팔선녀를 품었다는 양소유가 부럽지 않을 것이다.

골프를 즐기는 사람이라면 힐튼 그룹이 직영하는 '힐튼 남해 골프&스파 리조트'에서 라운딩을 하고 쪽빛 바다가 보이는 노천탕에서 완벽한 휴식을 취할 수 있다. 국내 최초의 씨 사이드 골프 코스Sea-side Golf Course로 유명한 이곳은 18개의 코스 모두가 바다를 보며 라운딩 할 수 있어 국내의 여느 골프장과도 비교할 수 없는 이국적인 분위기를 느낄 수 있다. 특히 바다를 가로질러 샷을 날릴 수 있게 설계된 4개의 코스는 골퍼들의 탄성을 자아낼 정도로 명성이 높다.

내 어린 날의 기억이 멈춰 선 남해엔 쪽빛 바다와 포구의 아침 뱃고동 소리가 그리움되어 빗물처럼 흘러내린다. 내가 다녔던 지족리 바닷가의 작은 중학교. 학교 건물로는 특이하게 돌로 지은 교사校舍의 아치형 창문을 타고 무성하게 자라나던 유난히 붉은 빛깔의 그 담쟁이덩굴은 아직도 마음속에 선명하게 자리 잡고 있다. 체육 시간에 힘차게 찬 축구공이 바다로 떨어지면 어쩔 줄 몰라 발을 동동 구르던 아이들. 점수 순으로 등수가 매겨진 전 학년의 성적표를 복도 한가운데 턱 하니 붙여놓아도 아무도 반발할 수 없었던, 그 순진하기만 했던 옛 기억 속 그리운 친구들 이름을 하나하나 불러본다.

초라한 지붕들이 그림처럼 엎드린 바닷가 작은 마을. 우리 식구가 살던 옛집엔 누가 살고 있을까? 시외버스에 몸을 싣고 부산으로 전학을 가던 나에게 읍내까지 따라 나와 손을 흔들어 주던 그 단발머리 친구들은 지금은 어디서 무얼 하며 살고 있을까? 모두들 보고 싶다. 그 시절, 그 고향 친구들.

인생은 한바탕 꿈이었을까?

　　　　　　　　　　　　저기 저 바다 한가운데서 홀로 쓸쓸히
야위어가는 남해의 외딴 섬 노도.

　그는 기억하고 있을까? 400여 년 전, 이 절해고도 섬으로 유
배 와 사무친 한을 안고 외롭게 죽어갔던 한 남자를, 그의 한
많은 인생을.

　여름이 긴 꼬리를 감춘 가을 문턱, 무심히 찾아온 앵강만鶯江
灣의 작은 섬 노도엔 폭풍우를 몰고 온 철없는 가을비가 하염없
이 쏟아지고 있다. 조선 숙종 때 인현왕후 폐위를 반대하다 이
곳으로 유배 와 56세 나이로 유형의 삶을 마감했던 서포 김만
중. 그의 넋이 비가 되어 이 섬 어딘가를 떠돌고 있는 건 아닐
까? 성난 파도가 그의 넋인 듯 출렁대는 저 가을 바다를 보며

서포, 그를 추억한다. 오늘처럼 비가 내리는 날이면 그는 이 섬에 홀로 앉아 울분에 찬 눈물을 저 바다 위로 쏟아붓진 않았을까?

서포 김만중은 조선 현종 때 정시 문과에 장원급제하여 공조 판서와 대제학 등 벼슬을 거친 정치가요 학자로『구운몽』,『사씨남정기』,『서포만필』등 주옥같은 걸작을 남겨 '한국의 몽테스키외'로도 불린다. 그러나 그의 운명은 기구했다. 병자호란 때 아버지 김익겸은 강화도가 후금의 군사에게 함락되고 인조가 굴욕적인 항복을 하자 화약고에 불을 질러 스스로 불에 타 순절했다. 1637년 2월 10일, 만삭이던 어머니 윤 씨는 강화에서 김포로 피란 나오다 배 위에서 그를 출산한다. 배 위에서 태어나 아명이 '선생船生'이었던 김만중. 바다에서 태어난 그가 바다 한가운데 섬에서 생을 마감한 것을 보면 바다는 그에게 생과 사, 운명의 갈림길을 동시에 주었던 듯하다.

한양에서 천 리 길, 이 멀고 먼 섬으로 들어오는 뱃길에서 그는 자신의 운명을 예감이나 했을까? 사방이 바다뿐인 이곳으로 유배되어 솔잎 피죽으로 연명하며 집필에만 전념했던 서포 김만중. 어머니 윤 씨 부인은 유복자로 태어난 그와 형 만기를 친정으로 데려가 손수 베를 짜며 어렵게 생계를 이어가면서도 책을 살 때는 짜고 있던 명주를 끊어서라도 반드시 사주었다고 한다. 『소학』이나 『사략』 등은 직접 가르쳤던 스승이자 엄격한 훈육자였던 윤 씨 부인. 그는 비싼 책은 빌려서 책을 손수 베껴 아들 만기와 만중이 공부하게 했다. 그런 헌신적인 노력을 저버리지 않고 두 아들은 과거에 급제하며 어머니의 바람을 저버리지 않았다.

그래서일까? 서포는 어머니에 대한 효심이 유달리 깊었다고 한다. 그러나 그가 이곳에 유배된 몇 달 후 윤 씨 부인은 세상을 뜨게 된다. 그러나 그가 어머니의 부음을 듣게 된 건 이듬해 1월이었다. 어머니 부고를 듣고 까무러쳤던 서포는 위패를 모셔놓고 매일 곡을 하였다. 그 곡소리가 얼마나 처량했던지 지나가던 사람도 그의 곡이 끝날 때까지 발걸음을 떼지 못하였다고 하니. 영어의 몸이라 장례식에도 참석 못 해 불효자가 된 서포, 뼛속까지 사무치는 그 처연한 슬픔을 이겨내고자 집필에만 매달렸던 게 아닐까?

"글은 말을 다하지 못하고 그림은 뜻을 다하지 못한다"는 『주역』의 말처럼 그는 애간장을 녹이는 슬픔을 글로 다 표현하진 못했겠지만 피를 토하듯 쏟아낸 그의 작품들은 국문학사에 위대한 업적을 남겼다. 어쩜 그런 슬픔이 오히려 위대한 걸작을 남기게 한 힘의 원천이 아니었을까?

숙종 첫 번째 왕비인 인경왕후(형 김만기의 딸) 숙부였던 대쪽 같은 성품의 그가, 인현왕후 폐위와 장희빈 아들 균의 세자 책봉에 반기를 든 건 당연한 일이 아니었을까? 우암 송시열 역시 세자 책봉에 반발하다 사약을 받고 죽자 그는 더욱 강경하게 숙종의 처사에 반발했고 결국 탄핵을 받아 노도로 유배되었다.

"우리말을 버리고 다른 나라 말로 시와 소설을 쓰는 것은 앵무새가 사람을 흉내 내는 데 지나지 않는다"며 스스로 한글로 집필하며 민족 자존심 지키기를 역설했던 서포. 그는 선지자였을까? 그의 소설 『사씨남정기』를 보면 소설 속 주인공인 유연수와 사 씨, 교 씨의 최후가 숙종과 인현왕후, 장희빈의 일생과 닮아 있기 때문이다. 궁녀를 통해 이 소설을 읽은 숙종은 인현왕후를 복위시키고 장희빈에게 사약을 내렸다 하니……

어느 새 빗줄기가 약해지고 있다. 무심한 세월 속에 주인 없는 허묘墟墓만이 그를 기억하며 쓸쓸히 섬을 지키는 이곳. 「사씨남정기 연구」로 박사 학위를 받았던 프랑스 한국학회 부회장 '다니엘 부세Bouchez'는 김만중 소설에 빠져 여러 번 이 섬을 다녀갔다고 한다. 그 벽안의 외국인을 이곳으로 달려오게 했던 힘은 무엇이었을까?

어머니 윤 씨 부인이 죽은 후 마음의 병이 깊어가던 서포는 어느 날 집안 형님에게 편지 한 통을 보낸다.

"그 많던 사람들은 다 어디로 가고 없습니다. 인생은 진실로 한바탕 꿈인가 합니다."

그는 이미 치유하지 못할 정도로 병이 깊어져 있었다. 자신의 죽음을 예견하고는 모시고 있던 사람이 올린 탕약마저 물리쳤다. 그러고는 노도로 귀양 온 지 3년 만에 한 많은 삶을 마감한다.

그의 말처럼 인생은 한바탕 꿈이었을까? 섬 안의 섬 노도. 날은 저무는데 곡절 많은 바다는 말이 없다. 한 서린 시 한 수가 김만중의 안타까운 마음을 대변하고 있는 듯하다.

저 용문사 위 한 뿌리에 자라난 나뭇가지가
병들어 사경에 있듯이
인간의 풍산도 서로 바꾸지 못하는 것
도끼로 나무를 찍듯
죽음만이 머뭇거리는구나
아! 헤어진 제형들이 무고들 하던 그 때
오색비단 옷 입고 즐거이 놀던 그때 그 얼굴들이 그립구나.
홀로 외로이 계시는 80 노모의 사무친 한은 언제나 풀리려나

(중략)

지금 내 병환은 낙조처럼 짙어만 가는데,

내 죽어 강변에 버려질 백골을 그 누가 거두어 줄까?

만목이 앞 다투어 얼어드는데,

밤 새 무심한 해풍만 뇌성처럼 우는구나

등잔 앞에 홀로 앉아 주역을 읽나니

한번 흘러간 세월은 돌아올 길 없구나

-김만중, 『서포집』 중에서

○ 2022년 현재 남해군은 노도를 문학의 섬으로 조성했으며 섬 안에 김만중 문학관을
세웠다. 이 글은 2015년 쓴 것임.

묻고, 쓰다 - 시인과의 대담

시대의 무당이 되고자 했던 여자
-시인 강은교

부산 금정산 범어사 입구. 송이버섯을 닮은 독특한 모양의 '산마을레스토랑'은 계절을 잊은 몽환적 안개로 독특한 분위기를 자아내고 있었다. 나는 주인의 안내로 강은교 시인이 자주 앉는다는 창가 쪽 자리에 앉아 먼 기억 속의 첫사랑을 추억하듯 그녀의 시 「사랑법」을 읊조리고 있었다.

떠나고 싶은 자/ 떠나게 하고/ 잠들고 싶은 자/ 잠들게 하고/ 그리고도 남은 시간은/ 침묵할 것// 또는 꽃에 대하여/ 또는 하늘에 대하여/ 또는 무덤에 대하여/ 서둘지 말 것/ 침묵할 것// 떠나고 싶은 자/ 홀로 떠나는 모습은/ 잠들고 싶은 자/ 홀로 잠드는 모습은// 가장 큰 하늘은/ 언제나 그대

등 뒤에 있다

-강은교, 「사랑법」º 중에서

산 속에 둘러싸인 고즈넉한 창밖 풍경은 무지렁이 손끝에서
도 시가 나올 듯 한 폭의 그림이다. 잠시 후 나이를 가늠할 수
없는 단아한 외모의 강은교 시인이 한 송이 수련 같은 자태로
들어섰다.

1970년대 「우리가 물이 되어」, 「사랑법」 등 주옥같은 시로 독
자들 마음을 흔들었던 강은교 시인. 『사상계』 신인문학상에 당
선된 시 「순례자의 잠」에서 이미 그녀는 "세련된 수사와 깔끔
한 구성력으로 당시 여자 시인들의 좁고 진부한 주제의식을 한
단계 뛰어 넘는 참신한 시세계를 구축"했다는 평가를 받았다.
1971년 첫 시집 『허무집』을 냈을 때는 "우리 시사時史에 유례없
는 치열한 허무에의 탐사"라는 평가를 받으며 시단詩壇에 반향
을 일으켰다.

등단 45년, 허무와 죽음을 주제로 한 초기 시들을 거쳐 최근
에는 따뜻한 생명의 시로 더 깊어지고 더 여물어진 강은교 시

○ 강은교, 「사랑법」, 『막다른 골목을 사랑했네, 나는』 시인생각, 2013.

인의 시. 그녀는 이 세상에 와서 억울하게 죽어간 넋들을 위한 헌화가를 부르는 '시대의 무당'이 되기를 자청한다. 나는 그녀의 근황이 궁금해졌다.

"퇴직 전, 난 세상이 이렇게 넓다는 걸 몰랐어요. 학교라는 공간은 사회의 아주 작은 한 일부일 뿐이라는 걸. 그런데 문을 나와보니 세상은 굉장히 넓고 사람들이 다양한 일을 하고 있더라구요. 그전엔 학교밖에 몰랐고 세상이 다 학교 같은 공간인 줄만 알았지요. 새롭게 얻은 게 너무 많아요. 내가 잘못 살았다는 생각도 들었어요. 시도 더 넓어질 수 있었는데 내가 너무 뾰족하게 살았구나, 그래서 그런 시밖에 못 썼구나 하는 생각이 들어요. 사진도 찍으러 다니고 건강을 위해 국선도와 명상을 하고, 하루 한 끼는 가마솥에 밥을 해 먹고 살지요. 그 맛으로 살아요."

강은교 시인은 동아대 문예창작과 교수에서 정년퇴임을 하고 지금은 부산 금정산 아래 별장 같은 아파트에서 혼자 살고 있다.

'비리데기'로 평생 집을 짓고 있는 시인

강은교 시인은 요즘 '바리연가'를 쓰고 있다. 평생을 '비리데기'로 집 하나를 짓고 있는 셈이다. 그녀가 이렇게 비리데기에 천착하는 이유는 무엇일까?

1970년대 초, 강은교 시인이 한창 엘리엇의 「황무지」에 빠져 있던 어느 날이었다. 누군가가 추천한 김태곤 교수의 샤머니즘 연구서 『황천무가』를 밤새워 읽던 중 거기서 비리데기가 강은교 시인에게로 걸어 나왔다고 했다. 바로 강 시인이 찾던 인물이었다.

비리데기는 버려진 여자였다. 부모는 비리데기가 태어나자마자 흐르는 강물에 던져버렸다. '베리덕이', '비리데기', '바리공주' 등 지방에 따라 다르게 이름이 붙여졌던 그녀. 그중 '비리데기'란 이름이 강은교 시인의 눈에 들어왔다고 했다. 생명수와 살살이꽃, 숨살이꽃을 저승에서 가지고 와 막 상여에 실려 나가는 부모를 살려냈던 그녀. 그때부터 비리데기는 강 시인의 몸속으로 들어와 함께 살기 시작한다. 그녀는 시인의 시 안에서 얼른 구체具體로 변신했으며 지상을 걸어 나와 강은교 자신이 되었다고 했다.

비리데기는 그녀의 시 속에서 삼국시대 부여 조에 나오는 한 여자 '유화'로, 또는 어느 날 밤 고급의 은빛 블라우스를 입고 시인의 집으로 찾아왔던 '일본인 현지처인 여자' 등 여러 인물로 형상화된다. 시인에게 있어 70년대의 비리데기는 저승에서 온 죽음의 여신이었으나, 현재의 비리데기는 생명 재생의 여신이 되어 연가로 거듭나고 있다. 강은교 시인은 비리데기를 그리스 신화처럼 문학적으로 형상화를 못 시켜 그렇지 세계적으로 유례가 없는 굉장한 시가詩歌라 말했다.

안주한다는 것은 결국 성취를 포기하는 일

강은교 시인의 거실에는 '범어梵語'라는 글귀를 새긴 나무 액자가 걸려 있다. 대학에서 정년퇴직 후 연구실이 없어지자 유치원생 손녀가 한문 글자를 보고 그린(?) '梵語'를 액자로 만들어 거실 한편에 걸어놓고 그 글귀를 보며 나태해지지 않기 위해 마음을 다진다는 강은교 시인. 경기여고 수석 입학이 단순히 명석한 머리만이 아니라 성실성에서 나왔을 거란 짐작이 갔다. 문득 그녀의 시「시인일기」의 한 구절이 생각났다.

"안주한다는 것은 결국 성취를 포기하는 것이며 사소해지는 것이다."

"범어는 '범패어산梵唄魚山'에서 나온 말이에요. 범패어산이 다 노래거든요. 신을 찬양하는 노래. 내가 범어사 밑에 사는 것도 운명적인 것 같아요."

강 시인은 혹시 호가 필요하다면 '범어梵語'를 호로 쓰겠다고 했다.

어릴 적 부모님은 어떤 분이셨습니까?

"아버지는 말하자면 이상에 실패한 지식인이었다고나 할까요? 식민지 시대에 가졌던 신념과 이상이 무너지는 것을 보면서 모든 책을 다 불태웠던. 내가 어릴 때 보았던 아버지는 라디오 연속극 〈청실홍실〉을 열심히 듣고 신문에 연재되던 역사소설을 부지런히 읽던 이였습니다. 그리고 중학생 어린 딸과 동네 로터리에서 만나 영화 구경을 함께 하던 허무주의자, 전前 독립운동가였죠. 그런 환경 속에서 살아남자니, 그리고 아이들을 키우자니 어머니는 강한 생활력을 가진 여인일 수밖에요. 우리 어머닌 독립운동가 남편을 찾아 단신으로 임진강을 건너 경성으로 온 여인. (그때 등에는 태어난 지 백일밖에 안 된 내가 업혀 있었죠.) 6·25 때는 두 아이를 데리고 밥솥을 이고 피란민 열차에 실려 정부 따라 가버린 남편을 찾아간 여인이었죠. 지금도 우리 형제들은 어머니가 아니었으면 우린 연변에서 채소 장사를 하고 있을 거라며 웃죠."

강은교 시인의 아버지 춘산 강인택은 일제강점기 한용운과 거의 같은 급의 독립운동가로 건국훈장을 받았으며 훗날 체신부장관을 지냈다. 문학지 『개벽』의 기자이기도 했다. 강은교 시인은 「김기림 시 연구」로 박사학위 논문을 쓰던 중 『개벽』에 실린 아버지 논문을 보고 너무도 놀랐던 일과, 부산대 사학과 한 교수의 자료 조사로 그동안 잘 모르고 있었던 아버지의 실체를 자세히 알게 된 일, 우여곡절 끝에 보훈처 등록번호에 '가족 없음'으로 되어 있던 아버지를 현충원에 모시기까지의 과정을 찬찬히 들려주었다. 애국지사 묘소에 봉안된 춘산 강인택의 묘비에는 딸인 강은교 시인의 시 「우리가 물이 되어」 4연이 새겨져 있다.

"힘이 하나도 없이 살다가도 아버지 묘소에만 가면 힘이 생기고 프라이드가 생겨요. 내가 시인이 되어 가장 크게 프라이드를 느끼는 부분이에요."

2011년에 발간된 『네가 떠난 후에 너를 얻었다』 첫 장에 실린 "'L·J·N'에게 이 시집을 바친다"는 문구가 참 인상적이었습니다. 돌아가신 남편분(임정남)을 말씀하시는 거겠지요. 결혼 생활은 어땠습니까?

"글쎄요. 어머니는 누구나 딸의 결혼을 의심에 찬 눈으로 바라보지요. 나도 결혼하느라고 어머니와 참 많이 싸웠어요. 'L·J·N'은 이제 내게 어떤 상징입니다. 어느 한 사람이 아닐 테지요. 그 상징을 거기 시집 앞머리에 쓰게 된 건 아버지를 일찍 여읜 딸의 간곡한 부탁 때문이기도 했었지만……."

연세대 캠퍼스커플로 만나 어머니의 강한 반대를 무릅쓰고 결혼했던 임정남 선생은 1969년 〈조선일보〉 신춘문예에 시로 등단한 시인이기도 하다. 민주투사로 있다가 국민당 국회의원으로 출마하기도 했다. 강은교 시인은 결혼 후 얼마 안 돼 쌍둥이를 임신한 채 뇌동맥정맥 기형으로 대수술을 받으며 여러 차례 사경을 헤매기도 했는데, 현재 슬하엔 시각디자인을 전공한 딸 강희가 있다.

'좋은 시'란 어떤 시라고 생각하느냐는 물음을 던지자 강 시인에게서 전에는 분명 답이 있었는데 갈수록 모르겠다는 대답이 돌아왔다.

"단순과 균형, 이게 미의 근본이지요. 천재는 단순해요. 30에 죽은 바이런의 시나 모차르트의 음악은 얼마나 단순한가요. 그렇게 예술은 단순성을 추구하는 게 아닐까요? 천재는 다 그런 것 같아요."

친하게 지내는 문인은 누구인가요?

"별로 없어요. 그게 나의 문제점이자 아킬레스건이에요. 최근에 와서 정년퇴직을 할 무렵 연희창작촌에 잠깐 있을 때 같은 집에 시인 이경림 씨가 있었는데 그분이 나와 코드가 맞아서 같이 사진을 찍으러 다니기도 해요. 그분이 굉장히 사람도 좋고 정말 문학을 하는 사람 같아요."

'연가집과 동시집 내는 일, 사진집을 만들거나 전시회를 한번 하는 일, 꼿꼿이 가슴을 잔뜩 펴고 서보는 일, 흔들리지 않기' 등 앞으로 하고 싶은 일이 많다는 강은교 시인. 그와의 대담은 한 송이의 수련을 보듯 마음을 편안하게 했다. 나는 강은교 시인의 작품집이 빨리 나와 또 한 번 대중들의 가슴을 적시기를 기대한다.

당신은 설워할 봄이라도 있었겠지만
-시인 허영선

제주 4·3, 그 슬픈 역사

부드러운 전사, 시인 허영선.

제주 토박이인 그는 시인이자 언론인으로 평생을 한국 근현대사의 비극인 제주 4·3을 알리기 위한 작품 활동을 해왔다. 긴 시간 동안 희생자 유족과 4·3 직접 피해자였던 생존자들의 증언을 채록해 시와 산문으로 탄생시켰다. 갓난아이부터 여성, 노인에 이르기까지 이유도 모른 채 억울하게 죽임을 당했던 4·3 희생자들. 그 참혹했던 4·3의 기억들은 그의 손을 거쳐 문학 작품과 칼럼, 역사서로 발표되어 많은 사람들에게 알려졌다. 그 가운데 2019년 4월에 출간한 『당신은 설워할 봄이라도 있었겠지만』에는 4·3이 남긴 상흔과 4·3의 폭풍 속에 내동댕이쳐진 여성들의 비참했던 삶이 그려져 있다. 더불어 4·3을 피해 목숨 걸고 바다를 건넌 재일동포들과 그들이 꽃피운 예술혼, 황홀과 비애를 동시에 간직한 제주의 역사와 자연 등 4·3으로부터 시작된 절절한 이야기들이 독자들의 가슴을 파고든다.

그해 여름날이었습니다. 갑자기 들이닥친 군인들이 남편을 동네 청년들과 함께 트럭에 태우고 있었습니다. 어제도 굶고 오늘도 굶은 남편은 몰골이 말이 아니었어요.(중략) 두려움에 떠는 남편의 눈빛이 느껴졌어요. 남편이 너무나 가여웠어요. 마침 바로 마을 동녘 길가에 빵장수가 있었어요. 난 주머니에 꼬깃꼬깃 모아두었던 돈을 꺼내 빵을 사러 뛰어갔어요. 저 트럭이 출발하기 전 달려가야 할 텐데. 난 빵 한 봉지를 사들고 허둥지둥 달려갔어요. 차 위로, 온 힘을 다해 그 빵을 탁 올렸어요. 순식간에 트럭은 "빵" 소리를 내며 어디론가 떠나버렸어요. 말 한번 해보지도 못하고⋯⋯.(중략) 그게 마지막이었어요. (중략) 아흔둘. 아, 오래 살아 미안합니다. 그날 이후 난 찐빵을 먹을 수가 없었습니다.

－허영선, 「난 찐빵을 안 먹습니다」○ 중에서

너무나 서럽고 설운 봄, 그렇게 남편을 떠나보냈던 어린 신부는 이제 아흔을 넘긴 할머니가 되어 남편 뼛조각 하나라도 찾을 수 있다면 좋겠다며 탄식한다. 당시 스물두 살이었던 남편은 1950년, 정뜨르비행장(현, 제주국제공항)에서 학살당했다.

제주 4·3 사건은 1947년에서 1954년까지, 제주도에서 벌어진 남로당과 토벌대의 무력 충돌과 진압 과정에서 3만여 명의 제주도민이 희생당한 사건이다. 허영선 시인을 인터뷰하기 위해 그의 작품들을 읽으며 나는 목이 메기도 했고, 내 얕은 역사의식을 부끄러워하기도 했다. 쪽빛 바다가 끝없이 펼쳐진 아름다운 해안과 낭만의 섬으로만 기억되던 제주가 그렇게도 아프고 잔인한 역사를 간직하고 있었다니……. 역사의 현장에서 온몸으로 저항하는 그가 '전사'란 생각이 들었다.

허영선 시인과 만나기로 한 날, 제주 4·3평화기념관에서는 〈어디에도 없었던 당신의 이야기〉 '4·3 생존자의 삶과 치유 프롤로그' 전 개막식이 열리고 있었다. 축사를 마치고 나온 그와

○ 허영선, 「난 찐빵을 안 먹습니다」, 『당신은 설워할 봄이라도 있었겠지만』, 마음의 숲, 2019.

함께 생존자의 증언을 들으며 인터뷰가 시작되었다. 허영선 시인 또한 4·3 유가족으로 할아버지와 숙부 등 여섯 명의 친인척들이 희생되었다고 했다.

허영선 시인의 글들은 제주 4·3으로 희생된 사람들과 유족을 위로하는 진혼곡이다. 그가 4·3에 천착하게 된 이유를 물었다.

"4·3은 제게 자연스럽게 왔습니다. 언론사 출신으로 지역의 수많은 사람을 만나고 취재해 왔습니다. 물론 신문사의 집중 기획도 있었으나 나름 4·3을 겪은 여성들의 아픔에 주목하였습니다. 또한 아이들의 긴 고통에 천착했습니다. 그러기에 대학원의 석사논문을 「제주 4·3 시기 아동학살 연구」를 썼습니다. 이때 많은 4·3 체험자들을 만났습니다. 현장에서 직접 만나 이야기를 나누다 보면 실제 그 숨 막히던 4·3의 시간 속으로 들어가는 느낌을 받기도 합니다. 작가이면서 언론사 출신으로, 또한 제주 4·3을 공부하고 연구하는 입장에서 다가온 4·3은 매우 각별하게 저와 맞았다고 할 수 있습니다."

아직도 4·3을 모른다 하십니까?

현재 제주 4·3연구소 소장인 허영선 시인은 한국 근현대사의 비극인 제주 4·3을 일반인들에게 알리기 위한 다양한 활동을 해왔다. 그 첫 번째가 2003년에 시작한 4·3 대중화 작업이다. 마침 민주화운동기념사업회에서 기획한 '현대사 다시 읽기' 시리즈의 4·3 편을 허영선 시인이 쓰게 되었다. 그 작업은 참으로 힘겨운 과정이었지만 그가 쓴 4·3 이야기가 책자로 발간되면서 4·3의 길로 걸어가게 된 계기가 되었다고 했다.

당시만 해도 제주 4·3은 50여 년 동안 금기의 부호에 갇혀 있었기에 대중들은 4·3을 너무 모르고 있었다. 그때 허영선 시인이 알기 쉽게 써내려간 제주 4·3은 독자들로부터 많은 관심과 호응을 얻게 되었다. 이후 그는 4·3을 더 본격적으로 공부하게 되었고 그로부터 8년 후 현재 가장 많은 사랑을 받고 있는 『제주 4·3을 묻는 너에게』가 탄생할 수 있었다. 이 책의 서문 「아직도 4·3을 모른다 하십니까」는 시인의 호소이자 우리가 기억해야 할 역사의 기록이다.

2020년은 제주 4·3이 발발한 지 72년이 되는 해이다. 허 시인에게 현대를 살아가는 우리가 4·3을 반드시 알아야 하는 이유를 물었다.

"저는 제주도를 늘 이렇게 말합니다. 슬픔과 찬란함, 비애와 황홀의 두 얼굴을 가진, 상처 위에 피어난 섬이라고. 제주 4·3은 70년도 더 된 사건이지만, 지금도 누군가는 그 고통에서 빠져 나오지 못한 채 현재진행형의 삶을 살고 있습니다. 당시 열 몇 살쯤이었던 소년, 소녀들은 이제 팔순을 넘긴 노인이 되었지만 부모의 죽음과 당시에 당한 상처를 간직한 채 아직도 몸과 정신의 후유증에 시달리고 있습니다. 그 억울한 역사와 비참하게 죽어간 조상들의 죽음이 현재를 살아가는 우리와 관계가 없는 것일까요? 그들은 우리의 뿌리입니다. 과거를 잊는 것은 뿌리를 부정하는 것입니다."

허영선의 숨비소리, 국경은 없다

2020년 3월, 허영선 시인의 시집『해녀들—사랑을 품지 않고 어떻게 바다에 들겠는가』일본어판이 발간되었다. 재일동포 3세 예술가인 강신자 작가와 판소리 고수 조륜자가 1년여간 치열하게 합심해서 번역한 이 시집은 일제강점기 항일운동을 했던 해녀들과 4·3 현장에서 피해를 당한 생존 해녀 21명의 파란만장한 인생사다. 작가는 고난의 섬 제주의 아픈 역사와 한 몸이 된 해녀들의 처절했던 삶을 절절한 시편으로 풀어냈다.

시집이 발간되자마자 〈마이니치신문〉 등 일본 유수의 언론에 소개되며 화제를 모았다. 재일 작가 김시종은 일본의 전통 있는 시 전문지 『시인수첩』 8월호에 소개한 『해녀들』 서평에서 "일본의 시에서는 볼 수 없는 드문 시적 리얼리즘을 허영선의 시에서 본다"며 극찬했다. 번역자인 강신자 작가 또한 한국 문학을 주제로 하는 심포지엄에서 허 시인의 시를 발표해 호평을 받았다.

지난 6월, 도쿄와 오사카에서는 『해녀들』 출간기념회와 북콘서트가 열렸다. 일본 독자들이 자발적으로 기획하고 참여한 행사였다. 하지만 코로나19로 작가가 참여할 수 없어 아쉬움을 남겼다. 허영선의 시들은 일본 사회에서 노래와 사미센 연주곡, 판소리 등으로 만들어졌고, 유튜브를 통해 널리 알려지고 있다.

2020년 10월, 『해녀들』은 또 한 번 쾌거를 올렸다. 조남주 작가의 소설 『82년생 김지영』과 함께 '일본 여성 독자들에게 호응을 얻고 있는 한국 여성 작가들의 책 10'에 선정되었기 때문이다. 그의 시편들이 바다 건너 일본에서도 계속 널리널리 알려지길 바란다.

아래 시는 제주 4·3 당시 경찰이 쏜 총에 맞아 턱이 날아가버린 서른다섯 살 진아영이 평생을 무명천으로 턱을 싸매고 살아야 했던 비극적 이야기를 시인 허영선이 시로 환원한 작품이다. 그녀는 링거에 의지하며 실어증에 걸린 것처럼 한 많은 삶을 살다 90세를 일기로 양로원에서 쓸쓸히 눈을 감았다.

> 한 여자가 울담 아래 쪼그려 있네/ 손바닥 선인장처럼 앉아 있네/ 희디흰 무명천 턱을 싸맨 채/ 울음이 소리가 되고 소리가 울음이 되는/ 그녀, 끅끅 막힌 목젖의 음운 나는 알 수 없네/ 가슴뼈로 후둑이는 그녀의 울음 난 알 수 없네// 무자년 그날, 살려고 후다닥 내달린 밭담 안에서/ 누가 날렸는지 모를/ 날카로운 한발에 송두리째 날아가 버린 턱/ 당해보지 않은 나는 알 수가 없네/ 그 고통 속에 허구한 밤 뒤채이는/ 어둠을 본 적 없는 나는 알 수 없네/ 링거를 맞지 않고는 잠들 수 없는/ 그녀 몸의 소리를(중략)// 꽁꽁 자물쇠 채운 문전에서/ 한 여자가 슬픈 눈 비린 저녁놀에 얼굴 묻네/ 오늘도 희디흰 무명천 받치고/ 울담 아래 앉아 있네/ 한 여자가
>
> ―허영선, 「무명천 할머니」―월령리 진아영 부분○

세계인의 시선으로 제주를 말하다!

허영선 시인의 작품 대부분은 제주 4·3에 관한 이야기다. 하지만 제주를 알고 시인의 더 깊은 속살을 알려면『탐라에 매혹된 세계인의 제주 오디세이』를 보아야 한다. 이 책은 허 시인이 2007년부터 2012년까지 5년여 동안 제주를 방문했던 세계 유명인들을 인터뷰해 〈제민일보〉에 연재했던 글을 묶은 것이다. 노벨문학상 수상 작가 르 클레지오, 세계 건축의 거장 故 리카르도 레고레타, 중국의 세계적 작가 위화, 독일인 한국학자 베르너 사세, 크로스오버 뮤지션 양방언, 프랑스 시인 카티 라팽 등 국적과 활동 분야도 각양각색인 유명인들을 책 한 권에 담은 것부터가 놀랍다. 제주의 자연과 문화, 역사에 매혹된 그들은 한국인들이 미처 느끼지 못했던 제주의 속살을 우리보다 더 자세히 알고 있었다. 작가 자신도 이 책에 특히 애정을 보였다.

이 책은 세계 거장들이 전하는 '완결된 아름다움을 가진 땅' 제주에 바치는 찬사이자 자본과 탐욕을 향한 경고이며, 4·3의 기억을 간직한 제주가 평화의 섬으로 남기를 바라는 염원이기

○ 허영선, 「무명천 할머니―월령리 진아영」,『뿌리의 노래』, 당그래, 2004.

도 하다.

허영선 시인은『허삼관매혈기』와『인생』등을 쓴 중국 작가 위화가 특히 기억에 남는다고 했다. 중국 문화대혁명 시대를 산 위화는 4·3평화공원과 기념관에 참배하며 깊은 관심을 보였다고 했다. 길을 걷던 중 만난 '강정 해군기지 반대' 깃발을 보고는 "제주는 동아시아의 평화를 위해 존재해야 한다"며 목소리를 높였던 그의 예리한 통찰력을 높이 샀다.

허영선 시인과 나는 4·3기념관에 참배를 하고 4·3평화공원을 한참 걸었다. 14,401위의 위패가 봉안된 위패 봉안실, 끝없이 늘어선 행방불명인 표석들을 보며 제주의 4·3은 과거가 아니라 현재이며, 결코 잊어서는 안 될 아픈 역사의 현장이란 생각을 했다.

아름다움과 아픔이 함께하는 제주

일반인들은 제주의 이런 아픈 역사를 얼마나 알고 있을까? 제주국제공항 활주로 밑 어딘가엔 아직도 4·3 희생자의 유해가 묻혀 있다는 걸 알기나 할까? 실제로 2007년부터 2009년까지 제주 4·3 연구소의 유해 발굴 작업에서 380구의 희생자들

을 찾아냈고, 아직도 발굴하지 못한 유해들이 더 있다는 증언
도 있지 않은가?

"4·3은 곧 국가란 무엇인가, 인간이란 무엇인가에 대한 원초
적 질문을 던질 수 있는 종합적인 역사라고 생각합니다. 4·3의
시작은 죽음이었고, 4·3 속에는 무수한 탄생이 있었으며 죽거
나 질기게 살아남기도 하였지요. 삶의 쓸쓸함과 좌절만이 있는
것이 아니라 물속에서 그 한계를 뛰어넘는 해녀들처럼 4·3의
사람들은 그렇게 넘었고, 살아냈고, 다음 세대에 물려주었습니
다. 물려준 것은 다만 슬픈 눈물만이 아니라, 인간이 결국은 삶
을 통해서 살아내야 한다는 것을 보여주었죠."

허영선 시인은 앞으로 4·3과 문학을 테마로 한 작업과 함께
4·3 증언 채록과 연구 활동을 계속해나갈 것이라고 했다. 또
제주 4·3 특별법 개정 발의안 심사가 국회에서 난항을 겪고 있
는 현실을 무척 안타까워했다. 그러고는 닫힌 동굴 속 언어들
처럼 국가 공권력에 의해 희생된 사람들과 인생의 대부분을 트
라우마와 고통 속에서 살아온 이들에게 명예회복과 배·보상을
모두 해줘야 함을 강조했다. 그들이 살아 있을 때 그나마 맺힌
한을 풀 수 있도록 4·3 특별법 개정안이 통과돼야 한다며 목소

리에 힘을 더했다. 속절없이 떠나는 세월 속에 이제 4·3 세대들은 얼마 남지 않았다. 그들의 소망이 하루빨리 이루어지도록 특별법을 개정하는 것이 우리가 풀어야 할 숙제가 아닐까? 인터뷰를 마치며 독자들에게 당부하고 싶은 말을 물었다.

"제주는 아름다운 땅이지요. 너무나 처연하고 처절한 아픔이 있기에 제주도가 좀 특별합니다. 그런 제주 섬 바다는 아픈 역사가 있어 더 깊고, 더 아프고, 더 아름답게 출렁인다고 생각합니다. 제주에 오실 때는 4·3을 떠올리고, 필수 코스인 4·3평화공원을 꼭 한번 들러보시길 권합니다."

『한국산문』 2020년 12월호.

내 안의 윤슬이 빛날 때

ⓒ 박소현, 2022

초판 1쇄 인쇄일 2022년 5월 10일
초판 1쇄 발행일 2022년 5월 25일

지은이 박소현
펴낸이 사태희
편 집 최민혜
디자인 권수정
마케팅 장민영
제 작 이승욱 이대성

펴낸곳 (주)특별한서재
출판등록 제2018-000085호
주 소 04037 서울시 마포구 양화로 59, 703호 (서교동, 화승리버스텔)
전 화 02-3273-7878
팩 스 0505-832-0042
e-mail specialbooks@naver.com
ISBN 979-11-6703-050-4 (03810)

※ 본문에서 인용한 <옛사랑>, <붉은 노을>은 'KOMCA 승인필' 했습니다.
"이 도서는 2020년도 아르코문학창작기금 지원사업에 선정되어 발간된 작품입니다."